Nine und das Katzenparlament

Band I:
Die Verschwörung der Wildkatzen

Roman
Von Karsten Schwarz

Impressum

© 2016 Karsten Schwarz
Autor: Karsten Schwarz
Illustration: Henriette Hense
Cover und Umschlag:
Chris Gilcher Design – design.chrisgilcher.com
Lektorat: Elke Pfitzinger
weitere Mitwirkende: Johanna Kulzer
Satz/Typographie: Mike Böll, MBMediaservice.de
Website: www.katzenparlament.de

Das Werk, einschließlich seiner Teile, ist urheberrechtlich geschützt. Jede Verwertung ist ohne Zustimmung des Verlages und des Autors unzulässig. Dies gilt insbesondere für die elektronische oder sonstige Vervielfältigung, Übersetzung, Verbreitung und öffentliche Zugänglichmachung.
Die Handlung und alle handelnden Personen (und Tiere) sind frei erfunden. Jegliche Ähnlichkeit mit lebenden oder realen Personen ist nicht beabsichtigt und rein zufällig.

© 2016 Herstellung und Verlag:
BoD – Books on Demand, Norderstedt.

ISBN: 9783741275333

Über dieses Buch

Nine, eine junge und eigenwillige Schildpattkatze, muss sich an ihrem neuen Wohnort in Oberbach erst zurechtfinden. Als sie beginnt, ihre Umgebung zu entdecken und erste Freunde in der Nachbarschaft zu finden, erfährt sie, dass sich die Katzen des Ortes in einem geheimen Parlament selber regieren und organisieren. Von Neugier und Tatendrang getrieben, stiehlt sie sich des Nachts davon und belauscht die Versammlung. In ihrem Übermut wird sie so ungewollt Zeugin eines ungeheuren Vorfalls: Eine Gruppe von Katern, die sich *Die Wildkatzen* nennen, hat mutmaßlich den Hühnerstall von Bauer Jensen überfallen und versucht noch dazu, diese schändliche Tat dem obdachlosen Kater Smutje in die Pfoten zu schieben. Nine kennt die Wahrheit, doch um der Gerechtigkeit Genüge zu tun, muss sie alles riskieren und sich dem Anführer Kralle und seinen Schergen entgegenstellen.

Über den Autor

Dr. Karsten Schwarz ist 1972 in Schleswig-Holstein geboren. Der vielseitig interessierte Autor hat Chemie, Wirtschaft und Politik studiert und interessiert sich darüber hinaus für philosophische und soziologische Fragestellungen. Er schreibt Kurz- und Fantasy-Geschichten und arbeitet an philosophischen Projekten. Karsten Schwarz ist gegenwärtig in der Medizintechnik tätig und lebt mit seiner Lebensgefährtin in Nürnberg und München. Die Inspiration zu Nine und das Katzenparlament ist nicht zuletzt dem Leben mit Katzen und dem Lernen von Katzen zu verdanken. Die Beobachtung der vierbeinigen Musen mit ihren individuellen Charakteren, Zwängen und Gelüsten verführt so zu mancher dramaturgischen Vorstellung.

Inhalt

Kapitel 1:	Nine	11
Kapitel 2:	Eine unzufriedene Hauskatze	16
Kapitel 3:	Auf Schleichwegen hinaus	23
Kapitel 4:	Gitti und der alte Gustav	30
Kapitel 5:	Tinka und die Katzenklappe	40
Kapitel 6:	Eine Versammlung bei Vollmond	57
Kapitel 7:	Nächtliche Nachsitzungen	78
Kapitel 8:	Der Mäuse-Eklat	87
Kapitel 9:	... und der Hühnerstall-Vorfall	97
Kapitel 10:	Zwischen den Fronten	102
Kapitel 11:	Die Verhandlung	111
Kapitel 12:	Eine große Katze	137
Ausblick auf Band II:	Der Hundefrieden	151

Vorstellung der Hauptkatzen

Nine

Tinka

Gustav

Smutje

Der Katzenrat

Die Wildkatzen

Kralle & Ralle

Atilla & Etzel

Fauch

Kapitel 1: Nine

Die Hauptkatze unserer Geschichte ist Nine, eine eher kleine Katze von knapp einem Jahr. Wohnhaft ist sie nach einigem hin und her nun in Oberbach, genauer gesagt im dortigen Neubaugebiet, dort, wo die Straßen alle Flussnamen tragen. Ich will sie euch kurz vorstellen.

Nine selbst würde wohl schon bei der Bezeichnung „kleine Katze" Widerlaute geben und sich als junge Katze mit eigenem Willen und gesunder Distinguiertheit gegenüber fremden Menschen und anderen seltsamen Mehrbeinern und Herumtreibern in der Nachbarschaft beschreiben.

Wenn ihr euch Nine als grau getigert oder im klassischen Schwarz-Weiß vorstellt, liegt ihr falsch – sie ist im Allgemeinen dunkel, vom Tigermuster verbleiben nur goldene Strähnchen. Dazu kommen noch beige-braune Stellen hier und da.

„Schildpatt" nennt das ihr Frauchen und so steht es sogar in ihrem Impfpass. Soll angeblich von den Schildkröten her stammen – was für ein Unsinn! – Naja, Nine ist es egal, sie sieht nun mal so aus.

So hat sie zum Beispiel rechts vorne und hinten schwarze „Kaffee"-Pfoten, auf der linken Seite hingegen cremefarbene „Sahne"-Pfoten. Am Schwanz führt das farbliche Durcheinander dann endgültig ins Chaos: Wie bei einem Regenbogen oder den Ringen des Saturn laufen die Farbtöne ineinander, von gelblich-weißen über bräunliche bis zu den dunklen Tönen an der Schwanzspitze.

Was können wir an dieser Stelle noch über ihr Äußeres sagen? – Sie hat völlig schwarze Augen, wenn es etwas dunkler im Raum ist und ihre Pupillen geweitet sind. Augen, die alles und jeden förmlich durchdringen. Tiefe, intelligente und anklagende Katzenaugen, die den Betrachteten sofort ins moralische Hintertreffen bringen, wenn Nine ihn regungslos anstarrt.

Zu ihrer Erscheinung kann man noch anführen, dass sie ein relativ schlankes Kätzchen auf langen Beinen ist. Das führt bei Nine zu einem eher schlaksigen, aber erhabenen und eleganten Gang (die Bedeutung des Wortes „Catwalk" erschließt sich dabei sofort).

Nine wohnt zusammen mit ihrem Frauchen in einer Galeriewohnung im besagten Neubaugebiet. Im Großen und Ganzen geht es ihr hier sehr gut. Sie ist die einzige Katze im Haushalt, bekommt immer leckere Sachen zu fressen und die Wohnung hat mit ihren verschiedenen Räumen, den Galeriebalken und den Fenstern zu verschiedenen Seiten einer Katze einiges zu bieten.

Mit ihrem Frauchen kommt sie ebenso gut zurecht, auch wenn es sie häufig ratlos macht, wenn ihr Frauchen sie einfach nicht richtig versteht. Noch dazu denkt ihr Frauchen dann immer, das es Nine ist, die hier die Sache nicht richtig versteht! Das kann manchmal ganz schön nerven!

So „reden", sagen wir lieber „kommunizieren", die beiden miteinander. Frauchen in ihrer Sprache, den Kosenamen und den eher flehenden Befehlen und ihre Katze antwortet mit einem Sammelsurium an gurrenden, schnurrenden, knurrenden, schnaufenden, kreischenden, stöhnenden, schnatternden, schreienden und maunzenden Lauten. Irgendwie schaffen es die beiden schließlich immer, sich auszutauschen und erhobenen Hauptes aus den Diskussionen heraus zu kommen.

Und richtig, das ist noch eine besondere Eigenschaft unserer kleinen Katze: Ihr steht eine außergewöhnliche Zahl von Lauten in allen Variationen und Kombinationen zur Verfügung. Man kann Nine durchaus als eloquente und redselige Katze bezeichnen, zumindest wenn sie mit Frauchen allein ist und ungestört parlieren kann.

Nein wirklich, sie bekommt hier viel Liebe und reichlich zudringliches Gekuschel und Geknuddel – viel mehr Nähe als ihr eigentlich recht ist.

Ein bisschen kuscheln und schnurren bei Frauchen auf dem Schoß ist ja in Ordnung, aber das ewige Streicheln, Hochnehmen, Schnuppern und Küssen ist nicht so ihres, wo sie doch lieber die Situation aus einiger Entfernung kontrolliert. Es sei denn natürlich, Nine hat ihre schmusigen Minuten – kommt vor, wenn auch eher selten, und dann ist das volle Programm an Aufmerksamkeiten und Zärtlichkeit durchaus erbeten. So kann es des Nachts manchmal passieren, dass sie in einem schwachen Moment wieder zu einem kleinen Würmchen wird und sich in die Geborgenheit von Frauchen begibt.

Es ist ja nicht so, dass Frauchen etwa die einzige wäre, die sich an Nines Wesen laben möchte: da sind auch noch ihr erwachsener Sohn und ihr Lebenspartner, die sich in ihrer Naivität stets aufs Neue einbilden, sie könnten heute mal eine kräftige Portion Nine tanken. Diese hingegen verzieht sich dann regelmäßig unter das Sofa oder auf die Galeriebalken und starrt die erwartungsvollen Menschen mit unbeteiligter und skeptischer Missbilligung an, bis diese ihre Niederlage eingestehen und den Versuch, ihr näher zu kommen, aufgeben.

Nein, sie ist lieber mit Frauchen alleine in der vertrauten Umgebung und hat die Situation unter Kontrolle. Das hat seine Gründe und war nicht immer so gewesen:

An die Zeit nach ihrer Geburt kann sich Nine nicht so recht erinnern, nur dass es ein furchtbares Gewusel war und jeder an jedem nuckelte. So weit nicht so schlimm, da aber die anderen, ihre Brüder und Schwestern, etwas kräftiger waren, blieb für unsere Nine häufig nur die Erkenntnis, dass es immer eine Zitze zu wenig gab. Das wiederum machte sie etwas kleiner im Wuchs als die anderen. Teilen hatte sie von Anfang an nicht als solidarischen Akt erlebt.

Etwas später fuhr sie dann plötzlich in einem Auto und von da an war alles anders. Ihre Mama war auf einen Schlag weg, genauso wie die meisten ihrer Geschwister, nur Ronja war noch bei ihr. Ausgerechnet Ronja, die ja so anders war als sie, war bei ihr geblieben. Die beiden Katzen wohnten fortan in einer neuen Wohnung mit einem neuen Frauchen und einem neuen Herrchen. Auch bei diesen jungen Menschen hatte Nine Glück gehabt, sie waren sehr liebevoll, aufmerksam und fürsorglich. Nur mit Ronja hatte unsere Nine zusehends ein Problem.

Ronja war in Nines Augen so plump und hatte nicht den Hauch von Benehmen und Anstand. Sie legte sich ohne zu zögern einfach auf Nines Plätze in der Wohnung. Beim Spielen und Raufen war es stets Nine, die einen Satz heiße Ohren bekam. Ronja war einfach etwas kräftiger und was noch wichtiger war, sie hatte überhaupt nicht die Scheu vor Menschen, wie sie sie hatte. Jedem musste sie gleich um die Beine schnurren und die Sympathien einheimsen! Ist doch klar, dass Nine da bald als zurückhaltend und schwierig galt!

Irgendwie gehörte nach einiger Zeit Ronja die ganze Wohnung und Nine war darin bestenfalls geduldet. Oftmals beobachtete Nine ihre Genossin und dachte bei sich:

„Von dieser Katze muss ich mich hier unterbuttern lassen! Nur weil sie sich jedem an den Hals wirft und etwas mehr Speck an den Hüften hat! Dabei ist sie so ungeschickt und kann kaum springen! Sie versteht auch nicht, warum der Wassertropfen aus dem tropfenden Wasserhahn verschwindet, wenn sie den Kopf darunter hält, um nachzugucken, wo er denn bleibt. Das geht über Minuten so, bis sie aussieht wie ein begossener Pudel."

Ihr seht schon, das Zusammenleben wurde damals zusehends schwieriger. Um es für uns Außenstehende hier noch einmal klarzustellen: Ronja war keine böse Katze oder so, die beiden waren nur so grundverschieden – häufig zu Lasten unserer eher schöngeistigen und zurückhaltenden Nine. Wieder war das Teilen nach hinten los gegangen.

Da war es ihr auf seltsame Weise sogar recht, dass es noch einmal für eine längere Fahrt in das verhasste und traumatisierende Auto ging, und wieder sollte es mit einem Lebenswandel und mit Trennungen verbunden sein. Diesmal ging es nach Oberbach in das Neubaugebiet, zu ihrem jetzigen Frauchen – und Ronja kam diesmal nicht mit! Wie schade …

Nine hatte endlich ihre eigene Wohnung, ihr eigenes Reich und die (meist) ungeteilte Gunst ihres Frauchens. Stolz schritt sie nach einer kurzen Eingewöhnung die Flure ab und legte sich bald dorthin, bald hierhin, wie es ihr gerade plaisierte. Ein Königreich für eine Katze, herrlich!

Kapitel 2: Eine unzufriedene Hauskatze

Oh ja, unser kleines Ninchen hat es die ersten Tage und Wochen sehr genossen, ihr eigenes Reich zu haben und nichts mehr teilen zu müssen.

Des Nachts lag sie meistens aufgerollt in dem gemütlichen Rattansessel, der oben auf der Galerie nur etwa drei Meter neben dem Bett von Frauchen steht. Eine Anordnung, wie sie sie mochte: Alles unter Kontrolle und trotzdem gemütlich und behütet. Wenn ihr dabei mal etwas kühler ums Herz war, krabbelte sie sogar gelegentlich unter die Decke zu Frauchen und brach dann auch prompt alle Rekorde im Schnurren.

Die enge Bindung zu Frauchen war Nine sehr wichtig. Nach allem was unser kleines Kätzchen erlebt hat, musste Frauchen sich ihres Vertrauens erst würdig erweisen. Bildet euch jedoch nicht ein, dass das über Nacht ging!

Nein, auch Frauchen brauchte geschlagene vier Wochen bis Nine das erste Mal von selbst auf sie zuging, sich quer über ihren Schoß räkelte und augenscheinlich offen war für weitere Liebkosungen.

Das Vertrauen war eben redlich erworben! Allein schon, dass Nine in der Wohnung ihre festen Plätze hatte: in der Küche die Näpfe, im Bad unter dem Abzug ihr Kistchen, auf den Fensterbänken im Arbeits- und Wohnzimmer kleine Unterlagen zum Sitzen und schließlich diverse Schlaf- und Ruhestätten im gesamten Wohnraum. Alles für sie! Dazu kam noch, dass bei Frauchen nicht nur die Einrichtung erstklassig war, sondern auch der Service.

Wenn Nine Hunger hatte, zauberte sie immer neue Blechmäuse aus dem Schrank – einige Sorten waren wirklich zum Pfoten schlecken, auch Wasser und die trockenen harten Kügelchen waren immer genug da. Jetzt, wo sie in aller Ruhe schmausen konnte und noch dazu so leckere Sachen, hatte sie glatt etwas an Gewicht zugelegt, noch einen kleinen Wachstumsschub gemacht und sah jetzt schon fast wie eine ausgewachsene Katze aus.

Genauso war es im Bad nachdem die Dinge ihren Lauf genommen und Nine in ihrem Kistchen erneut eine Portion „konzentriertes Böses" hinterlassen hatte. Da Frauchen selbst auch sehr reinlich war, wurden diese Situationen im Bad immer rasch entschärft. Die Hinterlassenschaften wurden ihr praktisch unter dem Hintern und kurz nach dem Scharren weggerissen und sofort in einem Frühstücksbeutel entsorgt. Nine fragte sich häufiger, wo Frauchen denn mit dem gesammelten Gut immer so schnell abblieb, mochte es dann aber bei weiterem Nachdenken und Schnüffeln eigentlich gar nicht mehr so genau wissen.

Nine macht nicht gerne in der Wohnung, schon gar nicht, wenn sie dabei beobachtet wird. Denn so gut und frisch und flauschig Nine sonst riecht, diese naturgegebenen Momente sind diesbezüglich kein Ruhmesblatt und sie schämt sich jedes Mal für die allzu organische Duftblume. Da hilft das Scharren kreuz und quer im Kistchen auch nicht wirklich, wenn man ehrlich den Tatsachen ins Auge sieht. Übrigens scharrte sie auch außerhalb ihres Kistchens! Nine hatte die Funktion des Scharrens nie ganz verstanden und machte nur motorisch nach, was sie als Kätzchen mal gesehen hatte.

Aber auch das tat Frauchen für sie. Nine findet stets wieder ein sauberes Kistchen vor und gerade weil sie auch schon andere Zeiten erlebt hat, verbinden diese alltäglichen Dinge die beiden so sehr. Sie wurde umsorgt. Eine Geste gab eine Geste. Vertrauen entstand.

Da Katzen in der Regel ihre eigene Regie führen und ihren eigenen Rhythmus haben, ist es umso verwunderlicher, dass Nine sich mehr oder weniger dem Tagesplan von Frauchen angepasst hat. Natürlich nicht vollständig, denn Nine ist eine Katze und muss bis zu 70 % der Zeit schlafen oder dösen, was auf Frauchen einfach nicht zu übertragen ist. So nimmt sich die Katze halt ihre Auszeiten. Sie geht in etwa mit Frauchen zu Bett und wacht meist mit Frauchen auf oder nötigt Frauchen vielmehr zum gemeinsamen zeitigen Aufstehen.

Hört sich das nicht alles etwas zu idyllisch und positiv an? Was denkt ihr? Nur so viel: wenn die Katze zu etwa 70 % eine ruhige Kugel schob, was war dann eigentlich mit den restlichen 30 % der Zeit? Wenn sie wach war und ein energisches, lebenshungriges, neugieriges und motorisch anspruchsvolles Kraftpaket? Ja, genau hier liegen die Wurzeln einiger Spannungen der jüngsten Vergangenheit. Nine hat im ausgeschlafenen Zustand einfach zu viele Hummeln im Hintern.

Das Toben mit Frauchen hilft sehr gut dagegen und macht ihr riesigen Spaß. Nine liebt es, wenn Frauchen mit ihr auf dem Boden sitzt und allerlei „Bälle" durch die Gegend wirft. Das sind etwa Papierkügelchen, Brottütenclips oder Milchtütenverschlüsse, die da über den Boden gleiten – und die Katze in einem Affentempo hinterher. Am liebsten in die schwierigen Ecken oder gar unter den Teppich, denn nun startet die Simulation einer Mäusejagd in widrigem Gelände. Nine liebt, wie gesagt, das Toben und schnurrt während sie die Clips unter den Schrank schießt.

Nun war es aber so, dass Frauchen für diese natürliche Art der Zerstreuung leider viel zu selten Zeit hatte! Trotz energischer Aufforderung kam Frauchen den Wünschen ihrer Katze nicht immer nach. Und Nine hatte dafür kein Verständnis! – Wenn Frauchen stattdessen wenigstens schlafen oder jagen oder ihrethalben sich nur putzen würde! Aber nein, sie musste sich stundenlang dieses kleine piepsende Ding ans Ohr halten und dabei ein Kauderwelsch reden, das Nine nicht verstand.

Nine wusste dann nie, wann sie wieder gemeint war, und fing vorsichtshalber ihrerseits das Mauzen an. Und als ob das nicht genug wäre, saß Frauchen jeden Tag über Stunden an diesem kleinen Bildschirm mit Tasten drauf ... lauter so unnützes Zeug! Und dann ging sie immer wieder durch die geheimnisvolle Tür zum Treppenhaus und kam über Stunden nicht zurück, manchmal mehrmals am Tag, oder gleich für ganze Tage! Ohne etwas zu sagen ...

Na schön, es war auch ganz nett, wenn es mal ruhig war. Es musste auch nicht jeder wissen, dass Nine dann meistens etwas Schlaf nachholte und sich einen gesunden Stiefel wegpennte.

Aber was sollte sie machen, wenn sich die Hummeln wieder meldeten und die übermächtige Neugier sie quälte? Sie konnte ja nicht einfach rausgehen – obwohl sie in letzter Zeit immer länger durch die offene Treppenhaustür geschielt hatte, bereit zum Sprung ins Ungewisse.

Was da draußen wohl alles auf sie warten würde? Wenn das nur halbwegs so aufregend war, wie ihre Beobachtungen am Fenster es verhießen!

Dieser Gedanke, sich draußen umzusehen, machte sie ganz kirre. Das war es, was ihr fehlte! Sie war schließlich ein Raubtier! Noch dazu mit allen Sinnen und reichlich geschulten Instinkten für die Jagd!

Wochenlang hatte sie jetzt aus dem Fenster geschaut, hatte so viele Dinge und Geschöpfe laufen, fahren, kriechen und fliegen sehen.

Besonders die Vögel hatten es ihr angetan, sie lösten bei Nine eine ganze Kaskade von Wünschen aus: Nicht nur, dass sie ihr wie leckere, fliegende Happen vorkamen, nein, diese gefiederten Braten konnte man auch noch jagen und mit ihnen spielen, bevor man sie sich einverleibte ... natürlich nur in Gedanken.

Es ist dann aber letztlich doch so wie bei Frauchen und ihrem Fernseher: Man kann zwar all die Dinge sehen, aber nicht wirklich anfassen und reinbeißen; sie gehörten nicht zum eigentlichen, zum richtigen Leben dazu.

Eine unzufriedene Hauskatze

In der Realität saß Nine dann lechzend und schmatzend, mit angelegten Ohren (damit man sie nicht sah!) und zitternd vor Anspannung und Aufregung mit der Nase an der Scheibe, die Krallen halb ausgefahren.

Dabei wusste Nine bereits, wie es draußen war. Zumindest hatte sie eine schwache Erinnerung daran, denn damals in der großen Stadt war sie schon einige Male draußen gewesen, zusammen mit Ronja im Vorgarten. Damals war sie noch sehr klein gewesen, aber allzu schlecht konnte es ihr wahrlich nicht ergangen sein da draußen.

So gut sie es auch sonst hier hatte, die Vorstellung weiterhin nur eine Hauskatze zu sein, machte unserer Nine richtig zu schaffen. Die Tage wurden länger und die Katze immer unzufriedener in ihrer Rolle als unbeteiligte Beobachterin.

So kam dann natürlich, was kommen musste: Nine machte jedes Mal, wenn die Tür zum Treppenhaus aufging, lauthals Rabatz und versuchte, durch die jeweiligen Beine hindurch zu huschen. Ein-, zweimal gelang ihr das auch.

Sofort schaute sie sich im Treppenhaus um, neugierig aber auch ängstlich aufgeregt. Da sie sich allein nicht weiter traute, endete ihr halbherziger Vorstoß schließlich doch wieder in der Wohnung.

„Verflixt! Frauchen muss doch mal merken, dass ich eine erwachsenen Katze bin und raus will!", dachte Nine dann leicht verzweifelt.

Die Wende in dieser Problematik brachte dann der Vorfall mit dem Dachfenster: Frauchen wollte einmal kurz durchlüften und öffnete oben in der Galerie das große Dachfenster. Das hatte es schon häufiger gegeben, nur diesmal hatte sie Ninchen für einige Sekunden nicht im Auge behalten. Schon wieder auf der Treppe nach unten hörte sie ein kratzendes Geräusch und schaltete sofort. Frauchen hastete mit einem Satz zum Fenster, erwischte die abrutschende Nine gerade noch an einer Pfote und zog sie ins sichere Innere zurück. Die hatte zwar alle Krallen ausgefahren und den Schwanz zu einem Flaschenbesen aufgeplustert, es half aber nichts, sie war dabei gewesen, auf dem schrägen Dach abzurutschen! Die Wohnung war im zweiten Stock, die Galerie also im dritten – Diese Höhen sind selbst für eine Katze gefährlich!

Da stand Frauchen nun am Dachfenster mit dem geläuterten Heißsporn auf dem Arm, beide mit rasendem Herzschlag und einem gesunden Schrecken in den Knochen. Nine war nach dem Schock froh, wieder sicher drinnen zu sein und den Zwischenfall unbeschadet überstanden zu haben.

Sie liebte zwar das Klettern und hatte keine Probleme mit großen Höhen, aber diese Erfahrung, hilflos vom Dach zu rutschen, prägte sich bei ihr dennoch als klares „no go" für die Zukunft ein. Dennoch spürte sie in ihrem Katzenbauch, dass dieses Ereignis nicht nur negative Folgen haben könnte ...

Ein Gespräch zwischen Frauchen und ihrem Lebenspartner am Abend desselben Tages, bei dem des Öfteren zur Wohnungstür und zum Fenster gezeigt wurde, nährte Nines Hoffnung, dass etwas im Busch war.

Kapitel 3: Auf Schleichwegen hinaus

Ihr Bauchgefühl hatte sie nicht getäuscht. Am darauffolgenden Morgen war Nine wieder erwartungsvoll zur Stelle, als Frauchen Anstalten machte, die Tür zum Treppenhaus zu öffnen.

Diesmal war es tatsächlich anders als sonst: Frauchen trat nicht hinaus und schloss gleich wieder die Türe hinter sich, sondern trat hinaus und sagte:

„Na komm, Nine, … komm!"

Die Katze sah sie kurz überrascht an, begriff dann und machte sofort die ersten Schritte. Jetzt war es wohl endlich soweit! Doch anstatt rauszuspringen wie ein junges Reh, rutschte Nine das Herz in die nicht vorhandene Hose. Zögernd setzte sie die Pfoten auf den Steinboden des Treppenhauses und sah sich nach der ersten Euphorie erst mal ängstlich um.

Auf dem Flur des zweiten Stocks waren noch zwei Türen, eine gegenüber, eine zu ihrer linke Pfote. Rechts führte demzufolge die Treppe hinunter. Frauchen hatte sich das wohl auch etwas schneller vorgestellt und stand schon an der nächsten Windung. Unsere Katze musste Stufe um Stufe ermuntert werden, weiterzugehen.

Gut, dass jetzt gerade kein anderer von den Bewohnern im Treppenhaus herumlief, denn davor hatte Nine tierisch Angst. Die ganze Sache wäre dann schnell wieder erledigt gewesen. So konnte die Expedition aber weitergehen.

Noch einmal drei Türen im ersten Stock und Frauchen stand schon in der offenen Haustür. Ein letztes Zögern noch und Nine war draußen!

Natürlich war alles soweit Neuland. Geduld und Vorsicht waren geboten, aber es tat so gut! Wahrhaft anders als nur durch das Fensterglas zu schauen! Das Gefühl von Freiheit und Abenteuerlust regte sich in ihrer Brust, hervorgerufen durch das leichte Säuseln des Windes um ihre Schnurrbarthaare, hunderte feiner Geräusche in den aufgestellten Ohren und etliche, fremdartige Gerüche in der geübten Katzennase.

Es war ein Sommertag. Klarer, sonniger Himmel. Es war angenehm warm und trocken, die Büsche standen in dichtem Grün. Die Büsche …!

Das war die erste wichtige Erkenntnis für Nine: Die Büsche zogen sich am gesamten Haus entlang und formten an der Stirnseite des Hauses, bei den Mülltonnen, sogar einen kleinen Hain – ideal, um sich vor unerwünschten Blicken zu schützen.

Vor dem Haus schräg gegenüber das gleiche Bild: eine dichte Buschreihe, die die Terrassen der Menschen vom Rasen zwischen den Häuserblöcken trennte. Hier gab es rund um die Häuser nur schmale Wohn- und Parkstraßen. Autos standen hier und da in den Parkbuchten der kleinen Zufahrtsstraßen. Schnell fahrende Autos sah man hier keine. Diesen Vorteil lernte Nine erst viel später richtig zu schätzen.

Ihr erster Eindruck, soweit die Aufregung und die Konzentration das zuließen, war ein guter. Sie entdeckte mit jedem Blick noch weitere Dinge, die bei ihr eine große Vorfreude auslösten.

In den Hecken, die zwei bis drei Meter hoch waren, standen auch kleine Bäume von vielleicht fünf Metern Höhe – und in diesen Bäumen, die als Hochsitz an sich schon zum Klettern und Beobachten einluden, zwitscherten Vögel in den Ästen!

Nine juckte es in den Krallen … und dort! … auf dem Rasen auch noch ein kleiner Zierbaum mit schöner, dichter Krone! Herrlich!

Und als sei das nicht genug, entdeckte sie jetzt bewusst auch den kleinen Gartenteich, mitten auf dem Rasen zwischen den Wohnzeilen (sie hatte ihn ja schon vom Fenster gesehen, aber so in Natura war es eine viel intensivere Erfahrung! – Und wer wusste schon mit Gewissheit, was bei den Menschen heutzutage noch echt ist, und nicht irgendwie vorgetäuscht wie in dem kleinen Fernseher!).

Vor dem Teich gab es, vom Fußweg Richtung Teich abfallend, drei runde steinerne Stufen, die zur Hälfte eine kreisrunde Fläche aus Steinen einrahmten. Ein kleines Rondell, ein Amphitheater für Kleintiere auf drei Metern Durchmesser, gedacht zum Sitzen oder auch zum Spielen für die Kinder. Dort wartete Frauchen. Geduldig saß sie auf den Stufen und verfolgte die Jungferntour ihres kleinen Schützlings. Ganz Realistin hatte sie sich ein Buch mitgenommen.

Nine fand zwar, das wäre eigentlich nicht nötig gewesen, aber insgeheim war sie Frauchen sehr dankbar. So hatte sie ihren Schutz und es konnte nicht einfach irgendjemand oder irgendetwas kommen und ihr zu Leibe rücken.

Da stand sie nun, unsere Nine, noch immer auf dem Steintritt vor dem Hauseingang, nachdem sie die ersten Schritte unter freiem Himmel gemacht hatte, noch keine zwei Meter von der Haustür und beobachtete alles um sie herum. Ihr neues Reich, wie sie beschloss. Das Gebiet vor der Haustür, einschließlich des Teiches, betrachtete Nine als ihr Revier. Dieser Anspruch stieg einfach in ihr auf. Ihre Forschheit wunderte sie selbst ein bisschen.

Plötzlich, beim ersten lauteren Geräusch aus der Nachbarschaft, zischte sie mit einem Satz in die Büsche.

Für den braunen, erdigen Boden unter den Hecken, mit kleinen Ästen, Blättern und vereinzelt mit unkrautartigen Gewächsen bedeckt, besaß Nine glücklicherweise die richtigen Tarnfarben. Selbst Frauchen hatte Schwierigkeiten, sie im Untergestrüpp wieder zu entdecken, obwohl sie wusste, wonach sie suchen musste. Von der Kopfhöhe eines Menschen aus, konnte man aufgrund des dichten Blätterwerks sowieso kaum was erkennen.

Nine begnügte sich bei diesem ersten Ausflug damit, die neue Welt aus einer sicheren Position heraus zu beobachten. Zudem war ja Frauchen die Zeit über zugegen, und wer macht schon wirklich interessante und waghalsige Dinge im Beisein der Eltern oder „Erziehungsberechtigten"?

Aus Nines Sicht gab es noch einen kleinen Zwischenfall. Im Unterholz kauernd erlebte sie, wie zwei weitere Personen dicht an ihr auf dem Gehweg vorbei und zur Haustür hinein gingen. Eine Frau mittleren Alters und ihr Sohn.

Das machte Nine Angst: Die Tür war also nicht sicher und im Treppenhaus stolzieren ebenfalls noch weitere Personen umher. Es galt hier also mächtig aufzupassen!

Nach etwa eineinhalb Stunden war es dann für Frauchen auch gut. Sie stand auf, stellte sich in die Haustür und bedeutete Nine, sie könne jetzt wieder mit reinkommen. Nine war eine kluge Katze und verstand es sofort. Sie machte auch vorerst keine Anstalten, sich diesen Anweisungen zu widersetzen, obwohl ihr diese neue Welt draußen im Augenblick wie das Wunderland vorkam. Schließlich war die Wohnung ihr Ein und Alles und für heute hatte es an neuen Eindrücken wirklich gereicht. Auf keinen Fall wollte sie, dass Frauchen abhaute, ohne dass sie einen sicheren Weg zurück in ihr Heim fände.

Der Rückweg von der Haustür zur Wohnungstür war viel schneller zurückgelegt als der Hinweg. Dennoch war das Treppenhaus wieder bedrohlich (irgendwo da unten im Keller bewegte sich doch wieder etwas!), es könnte ja zu jedem Zeitpunkt jemand aus den insgesamt neun Türen treten.

So trabte Nine an den Füßen von Frauchen wieder in die Wohnung zurück. Die Tür schloss sich und der erste Ausflug war beendet.

Sichtlich beruhigt saß Nine auf dem Sisal-Läufer im Flur und begann sich zufrieden zu putzen. Auch Frauchen machte einen gelösten Eindruck nach dem gelungenen Experiment. Nine fand in der Küche wie gewohnt ihre Näpfchen vor und schnurrte bereits bei deren Anblick. Sie war froh, dass sie ihre Wohnung noch hatte und jetzt zudem die Aussicht, öfter raus zu dürfen.

In dieser Nacht hat sie tief und fest im Korbsessel geschlafen, nur das gelegentliche Zucken der Krallen verriet, dass sie die Erlebnisse des Tages noch mal träumte.

„Auf einem Bein kann man nicht stehen!", dachte Nine am Morgen des nächsten Tages und jaulte Frauchen im Flur die Ohren voll. Diese fand den Ausflug am Tag zuvor mit ihrer Katze zum Glück auch ganz erholsam und stand mit Buch und einer Kanne Tee um neun Uhr schließlich bereit zum Marsch ins Grüne.

Der Gang durch das Treppenhaus verlief erwartungsgemäß wieder etwas pomadig. Für Nine hieß es zwei Schritte vor und einen zurück, die Ohren gespitzt und alles in Habachtstellung. Es könnte ja jemand kommen …

Ganz so wie am Vortag lief die Operation dann doch nicht ab. Im Erdgeschoss angekommen ging es nicht etwa zur Haustüre hinaus, sondern Frauchen führte sie noch ein Stockwerk weiter hinunter und links um die Ecke in den Keller. Nine hatte bei der Variante gleich ein gutes Gefühl, konnte sie so doch die Eingangstür vermeiden, die ihr suspekt war.

Im Kellerabteil standen viele Dinge herum, vor allem ein großer Kleiderschrank, der fast die gesamte linke Seite des Abteils von Frauchen ausfüllte. Diese ging schnurstracks zum kleinen Kellerfenster, öffnete die Scheiben und das dahinterliegende Gitter. Die Katze verstand sofort.

Ohne große Ermunterung sprang sie auf den alten Stuhl davor und von dort hinaus zum kleinen Kellerfenster. Was für eine göttliche Erfindung, dieses Kellerfenster!

Draußen war ein Kellerschacht mit einem Rost darüber und einem etwa 20 cm weiten Durchlass zur Hauswand. Für die Katze mehr als ausreichend, um hindurch zu schlüpfen, und der ideale Platz für den sicheren Rückzug unter den Rost, wenn es draußen mal ungemütlich werden sollte. Alles, was größer war als ein dicker Kater, konnte ihr ja nicht in den kleinen Kellerschacht folgen. Noch dazu lief ja vor dem Haus die Hecke entlang – getarnt war dieser Fluchtpunkt also auch noch!

Da Frauchen dort beim besten Willen nicht durch passte, nahm sie den regulären Weg durch die Haustür und traf Nine dann draußen.

Sie blieb wieder über eine Stunde vor dem Haus bei ihrer Katze. Diese war die meiste Zeit nicht zu sehen, zeigte sich aber stets, wenn sie gerufen wurde (auch wenn die Reaktionszeiten in diesen Anfangstagen stetig länger wurden).

Das waren also die verschiedenen Wege nach draußen. Frauchen brauchte fortan nur die Wohnungstür und das Kellerfenster zu öffnen; nach ein bisschen Übung machte sich die kluge Katze dann jeweils nach eigenem Ermessen vor der Wohnungstür wieder bemerkbar und begehrte Einlass.

Das Treppenhaus und der Keller blieben unsichere Zonen für Nine, hatte es doch tatsächlich die ein oder andere unerwartete Begegnung gegeben – zum Schrecken beider Parteien:

Eine Mitbewohnerin, den Wäschekorb vor dem Bauch, erschrak merklich, als ein unbekanntes Tier von der Größe eines Marders und der Farbe nach eine Schildkröte in Panik auf dem hellen Steinboden kehrtmachte und wie von der Tarantel gestochen nach oben rannte.

Das ganze entspannte sich jedoch mit der Zeit, weil Nine sich daran gewöhnte (die Menschen taten ja auch nichts Schlimmes) und weil Frauchen unten an der Pinnwand im Treppenhaus ein Bild von Nine aufgehängt hatte, mit dem Hinweis, dass sie jetzt auch zur Hausgemeinschaft gehörte.

So, jetzt habe ich euch schon einiges von unserer Nine erzählt, wie sie aussieht, wo sie herkam, wie sie so tickt, wie sie lebt und auch wie sie begonnen hat, die neue Welt namens Oberbach zu erkunden.

Eines hat in unserer Erzählung bislang ganz gefehlt: andere Katzen – dabei hatte Nine doch immer mal wieder welche von ihrem Beobachtungsposten erspäht!

Es lag wohl daran, dass Frauchen immer mit unten am Teich saß. Das musste sich freilich früher oder später ändern, da Nine jetzt draußen mehr und mehr auf sich selbst angewiesen war – aber seht doch selbst, was sie in ihrer neuen Katzenwelt so alles erlebt und wie es weitergeht!

Kapitel 4: Gitti und der alte Gustav

Fünf Uhr morgens war es am nächsten Tag und Nine war bereits hellwach am Bett von Frauchen. Schließlich war die Sonne schon aufgegangen und Nine hatte herzhaft und reichlich geschlafen. Die Lebensgeister und die Entdeckungslust plagten das kleine Kätzchen ... Allzu langweilig war es in der um diese Zeit so ruhigen Wohnung.

Draußen wiederum raschelte es schon hier und da und die Vögel zwitscherten bereits lauthals. Und Frauchen schlief in aller Seelenruhe! Ungeduldig schlich die Katze um das Bett.

Aus der Sicht der Geplagten *im* Bett stellte sich die Sache aufgrund der Höhe desselben nur als ein senkrecht nach oben gestrecktes, leicht wippendes Schwanzende dar, welches das Bett umkreist und dann und wann unter ihm hindurch taucht, um auf der anderen Seite wieder frech in die Höhe zu ragen.

Leichte Klagelaute mischen sich nach einiger Zeit in das abwartende Gebaren, gefolgt von Angriffen auf Körperteile, die von Zeit zu Zeit aus der Bettdecke heraus lugten. Je nach Hartnäckigkeit der Weckenden und der schläfrigen Geduld der Geweckten konnte dieses Prozedere zwei bis drei Stunden dauern, unterbrochen von Phasen, in denen die Katze kurz aufsteckte und in Sphinx-Haltung selbst ein kurzes Nickerchen machte. Gegen halb sieben wurde Nines Flehen an diesem Morgen schließlich erhört: Frauchen stand auf!

Leider hieß das noch nicht, dass Nine nun gleich an der Reihe war. Frauchen machte natürlich nach dem Aufstehen allerlei Dinge, für die Nine in diesem Moment wenig Verständnis aufbrachte – *sie* hatte ja gleich nach dem Aufstehen ihr Fell schon an und die paar Schlecker rechts und links bei der Katzenwäsche dauerten bei ihr auch nur Minuten.

Nine wollte endlich wieder nach draußen … leider konnte sie das nicht selbstständig machen, sondern musste wie beschrieben auf Frauchen warten. Das wäre ein Traum für das junge Kätzchen gewesen, selber zu entscheiden, wann es nach draußen konnte und wann es wieder heimkehren würde!

Aber nein, zwischen ihr und draußen standen drei Türen: die Wohnungstür zum Treppenhaus, die Tür des Kellerabteils aus Holzlatten, durch die sie gerade nicht mehr passte und als drittes Hindernis das Kellerfenster nach draußen. Für jede dieser Türen war Frauchen notwendig.

Um halb acht gingen sie beide dann hinunter. Frauchen ließ die Kellertür und das Fenster einfach offen stehen nachdem Nine durchgehuscht war. Die Katze blickte sich erwartungsvoll um, aber Frauchen kam diesmal nicht mit, sondern ging wieder hoch in die Wohnung!

Es dauerte einige Minuten und etliche vorsichtige Schritte im Gebüsch bis Nine verstand, dass sie nun tatsächlich alleine draußen war! Das hieß unbeobachtet auf Entdeckungsreise gehen! Ihre Pfoten kribbelten. Diese Mischung aus Neugier, Jagdinstinkt und ängstlicher Umsicht war für die umtriebige Katze unwiderstehlich. Alles für sie und überall Vögel!

Geduldig und vorsichtig erkundete sie abermals die Büsche vor dem Haus, beschnüffelte und kartographierte den Boden, registrierte alle Veränderungen seit ihrem letzten Ausflug.

Gerade war sie dabei, etwas zu entspannen und relativ unbekümmert über den Hausweg in den Hain bei den Mülltonnen zu springen, da geschah es: Etwa einen Meter vor ihr, auf dem kleinen gepflasterten Weg zu den Mülltonnen saß es vor ihr, – ein großes, gelbes Ungetüm mit einem großen, runden Kopf!

Nine erschrak furchtbar und gab sofort roten Alarm für alle Stationen.

Sie machte einen Katzenbuckel – vielmehr wurde sie zu einem Katzenbuckel, stellte die Nackenhaare hoch, fauchte bedrohlich und plusterte den Schwanz zu einem beachtlichen Fächer. Vor ihr saß ein großer, durchgehend gelb getigerter Kater. Völlig im Gegensatz zu unserem erschrockenen Kätzchen saß er ganz ruhig da und

Ein großes, gelbes Ungetüm

musterte das neue Gesicht in der Siedlung. Er hätte wohl fast gelangweilt ausgesehen, wenn Nine nicht so ein Feuerwerk an Abwehrmaßnahmen abgebrannt hätte. Im Gesicht des Katers stand nur milde Verwunderung und ein kleiner Restzweifel, ob diese Katze bei der ganzen Aufregung nicht noch gleich zum Angriff auf ihn übergehen würde (er reckte den Kopf etwas nach hinten, wie jemand, der etwas beobachtete und die Folgen noch nicht recht abschätzen konnte).

Als Nine bemerkte, dass sich das Ungetüm nicht wesentlich auf sie zu bewegte, nahm sie mit einem Sprung Reißaus – Rückzug quer über den Hausweg in das Gebüsch gegenüber. Dort kauerte sie einige Minuten, noch in voller Montur und einem weiterhin schnell pochenden kleinen Herzen und richtete Argusaugen (und Luchsohren) durch die Blätter und Zweige auf die Szenerie gegenüber.

„Hallo kleines Kätzchen, wer bist denn du?", kam es unerwartet aus dem Geäst schräg hinter ihr.

Nine fuhr schon wieder voller Schrecken herum (aufgestellte Nackenhaare und Buschelschwanz hatte sie ja noch).

„Ganz ruhig, mein kleines Kätzchen, du brauchst gar keine Angst zu haben! Meine Name ist Gitti und wie nennen dich die Menschen?"

(Da Nine hier verständlicherweise vor Aufregung etwas mit einer Antwort zögerte, bleibt Zeit für ein paar kurze Erklärungen: Gitti und natürlich auch unsere Nine sprechen einen mitteleuropäischen Katzendialekt, eine Maulart, die in der vorliegenden Erzählung simultan in unsere Menschensprache übersetzt ist. Katzen geben sich normalerweise untereinander keine Namen, weil es für die meisten Dinge des täglichen Katzenlebens völlig nebensächlich ist. Für manche Gespräche jedoch, hauptsächlich im Austausch über andere Katzen, hat es sich für sie als nützlich erwiesen, die von den Menschen jeweils gegebenen Rufnamen zu verwenden, auch wenn sich die meisten Katzen über ihre Namen und ihren treffenden oder auch nicht so treffenden Charakter eher lustig machen. Weiterhin hat es sich für die Katzen als nützlich erwiesen, das Zeitmaß der Menschen zumindest als Orientierungshilfe heranzuziehen. Bevor sie das taten, waren etwa verabredete Treffen oder koordiniertes Vorgehen häufig an der Willkür und subjektiven Auffassung einzelner Katzen bezüglich der jeweiligen Tageszeit gescheitert.)

Nach etwa zehn Sekunden, in denen Nine Gitti einfach nur wild angestarrt hatte, brachte Nine so etwas wie „ich … ich … mein Frauchen nennt mich Nine" heraus.

„Nine, schöner Name … grüße dich kleines Kätzchen, ich bin die Gitti. Du musst neu hier sein und ein Schildpattkätzchen bist du auch, noch dazu ein hübsches … Haben wir hier noch gar nicht."

Gitti saß sehr ruhig da im Unterholz. Eine gereifte Katze mit einem freundlichen Gesicht, der man ansah, dass sie keine ganz junge Katze mehr war. Ihr Fell war schwarz-weiß – in großen Flecken verteilt über ihren Körper. Ihr Gesicht war etwas runder als das von Nine und ihr Körperbau insgesamt etwas voller und kompakter (Gitti machte sich da keine Illusionen, sie brauchte nicht mehr mit so jungen, hübschen Dingern wie Nine zu konkurrieren).

„Hat er dich erschreckt, der alte Gustav?" Gitti deutete mit dem Kopf in Richtung der Hecke bei den Mülltonnen. „Er kann es einfach nicht lassen, der alte Zausel. Ja, Gustav heißt er und ist schon 14 Jahre alt, zwei Jahre älter noch als ich. Lass dich von ihm nicht einschüchtern … ein alter Macho ist er … immer noch, denkt der Teich und das alles hier gehöre gewissermaßen ihm. Du solltest ihn sehen, wenn er hier wie ein eitler Gockel patrouilliert und die anderen Kater in die Schranken weist, – dabei hat er kaum noch Zähne im Maul! Denk dir nichts dabei, lass ihm einfach seine Bühne, er beruhigt sich schon wieder".

Bei diesen Worten beruhigte sich auch unsere Nine langsam wieder. Sie sah Gitti gebannt an, als sie erzählte. Peu à peu legten sich ihre Haare auf dem Rücken wieder an und der Schwanz erlangte seine normale Größe zurück. Schließlich setzte sie sich sogar hin. Gitti hatte nun beim besten Willen keine bedrohliche Ausstrahlung, selbst für die schreckhafte Nine nicht. Sie fasste sogar ein wenig Vertrauen zu der alten Katze.

So etwas kannte sie nicht, dass eine ältere Katze wohlwollend mit ihr redete. Außerdem konnte sie so vielleicht ein paar Dinge über diese neue Welt hier draußen erfahren.

„Wo kommen Sie denn her? Wohnen Sie denn auch hier?", stammelte Nine schüchtern.

„Oh, ich wohne gleich hier gegenüber von dir – habe auch ein Frauchen. Du kannst ruhig Gitti zu mir sagen, das tun alle."

Nach kurzem Zögern brachte Nine nun ein „Danke, Gitti, das werde ich tun" zustande. Ein menschlicher Zwischenruf aus einiger Entfernung unterbrach das Gespräch. „Gitti?"

„Also, mein kleines Kätzchen, noch mal willkommen hier bei uns und denk an den alten Gustav … Mach's gut erst einmal. Ich muss ins Haus."

Nine sah zu, wie sich Gitti langsam erhob, sich umdrehte und nach Hause trottete. Sie hatte ein gutes Gefühl, diese Katzendame getroffen zu haben, als wäre sie in dieser spannenden neuen Welt nicht mehr allein auf sich gestellt. Von Gittis Gelassenheit angesteckt sah sie sich in aller Ruhe um. Ein Vogel, der nur knapp zwei Meter über ihr von einem Busch zum anderen flog, erinnerte sie sprunghaft daran, dass sie nun ihre kleine Expedition fortsetzen konnte …

Nine sah ja die Welt um sie herum – wenn sie nicht gerade wieder auf einen Baum geklettert war – immer aus einer Höhe von gut 20 cm und war stets sehr auf die Dinge in ihrer unmittelbaren Umgebung konzentriert, allein schon wegen ihres Instinktes und ihrer geschärften Sinne für Gefahren. Sie reckte also den Kopf in die Höhe und schaute mal, was sich in etwas weiterer Ferne so auftat, etwa hinter der kleinen Straße, auf der die Autos parkten.

Sie stolzierte über die Steinstufen am Gartenteich entlang durch das Gras, welches ihr von der augenblicklichen Höhe her gerade den Bauch pinselte. Ein kurzer Blick nach links zu den Mülltonnen: Kein gelbes Ungetüm in Sicht! Die Luft war rein!

Sie schnupperte an den Autoreifen, tauchte unter einem Auto hindurch und überquerte die Straße. Vor Autos hatte unser kleines Kätzchen, Gott sei Dank, einen gebührenden Respekt. Da kein Motorengeräusch zu hören war, konnte sie die kleine Anwohnerstraße ohne Gefahr hinter sich lassen. Es war für sie sehr wichtig, zu wissen, dass das Kellerfenster offen war. So hatte sie immer einen Fluchtpunkt, sollte irgendetwas wirklich Bedrohliches im Anzug sein.

Das Stückchen Land gegenüber stellte sich schnell als sehr interessant für Nine heraus. Dort standen überhaupt keine Häuser!

Es war ein Stück Brachland mit einigen Erdhaufen, die durch ihre unterschiedliche Höhe (der höchste war wohl 1,50 m) eine Art Buckelpiste bildeten. (Nine bemerkte später, dass diese Buckel leider auch für die Kinder der Nachbarschaft mit ihren kleinen Fahrrädern oder sonstigen Gefährten recht reizvoll waren. Der Weg, den die Kinder mit ihren Untersätzen erfahren hatten, glich einem 50 cm breiten Rundkurs einmal ums Gelände und quer über die Hügelkette.)

Diese kleinen Hügel waren wie das ganze Brachland bewachsen. Teils mit katzenhohem Gras, teils mit den langen Stielen der Brennnesseln und vereinzelten Sträuchern.

Allerlei Insekten stiegen hier auf und konnten gejagt werden. Es gab dazwischen hier und da eine Senke ohne Bewuchs, in der man sich als Katze wunderbar an heißen Tagen im Sand suhlen und auf den Rücken drehen konnte. Und, nicht zu vergessen, an einem der Hügel hatte jemand einige Karren Erde weggenommen: dieser Quadratmeter eignete sich ganz hervorragend als Katzentoilette! Zwar nicht für Nine alleine, wie sie mit ihrer feinen Nase alsbald feststellte, es war aber dennoch ein friedlicher Platz für das allfällige Geschäft.

Überhaupt verriet die Duftpalette allerlei Konkurrenz für diesen schmalen Streifen Land: Es roch an so einigen Stellen nach Hund, aus der Erde dunstend oder auch ganz offensichtlich zwischen den Gräsern. Auch Artgenossen waren mit ihrer jeweiligen Duftmarke dabei und etwas feiner sogar die Gerüche von kleinen Beutetieren, die hier im dichteren Gesträuch hinter den Erdhaufen ihr appetitanregendes Unwesen trieben.

Alles in allem von höchstem Interesse für unser neugieriges Kätzchen. Die Geruchsmeldungen von Hunden erzeugten natürlich eher gemischte Gefühle „Aber was soll's", dachte sich Nine. „No risk, no fun – Hauptsache nicht langweilig!"

Nachdem sie das Brachland in einem großen Bogen erkundet hatte, war es für Nine so langsam an der Zeit, wieder nach Hause zu gehen. Zum einen ließ sie ein leises Grummeln in ihrem Magen an ihren Napf denken, zum anderen war sie an Emotionen und Unterhaltung erst einmal gesättigt. Etwas müde bereits, aber aufmerksam, trottete sie zurück zum Haus. Diesmal links herum um den Teich, vorbei an den Büschen des Hauses gegenüber. Hier wurde noch mal kurz nach dem Rechten geschaut, dann ging es weiter über den Fußweg zwischen den Häusern in Richtung des Kellerfensters.

„Hallo Kleine!", kam es völlig unerwartet von links. „Du musst die Neue sein!" Auf dem Fußweg vor dem Kellerfenster stand ein junger Kater, völlig schwarz mit einem kleinen weißen Fleck auf der Brust. Er blickte nicht sehr freundlich, schon gar nicht einladend, eher etwas abweisend. In seiner Stimme schwang neben der zur Schau getragenen Abschätzigkeit auch eine gute Portion an Verschlagenheit mit. „Kleine" hatte er gesagt, dachte Nine, dabei war auch er höchstens ein Jahr alt und kaum größer als sie.

„Du bist ja ein hässliches kleines Kätzchen, – was ist denn das für ein Fell? Hab ich noch nie gesehen so was! Jedenfalls nicht hier bei uns."

Bei diesem Satz weiteten sich Nines Pupillen und die Haare auf ihrem Rücken begannen, sich leicht aufzustellen. Sie beschloss, sich das nicht so einfach gefallen zu lassen.

„Wer bist du? Und was willst du von mir?", fauchte sie ihm entgegen.

„Ich etwas von dir wollen? Was sollte *ich* schon von dir wollen? – Von einer Neuen, die von nichts eine Ahnung hat und noch dazu alles tut, was Frauchen ihr sagt und alles frisst, was Frauchen ihr hinstellt! Bah! … Ich bin Ralle, der Sohn von Kralle!" Diese letzten Worte der Vorstellung sagte er mit Stolz und hob dabei ein wenig den Kopf, bevor er auf Nine herabschaute.

„Aber davon hast du ja noch keine Ahnung", fuhr er fort, „so klein wie du bist! … Was hast du denn schon gesehen? Du warst ja noch nie dabei!"

Nine wusste nicht, wovon er sprach.

„Wobei denn überhaupt?", fragte sie ihn etwas provozierend.

„Ach!", erwiderte Ralle schnoddrig, „was verschwende ich hier meine Zeit mit dir! Mach's gut, kleines Kätzchen … Ich werde dich Streuselkuchen nennen!"

Er winkte ab mit der Pfote, drehte sich um und ging. Das hatte Nine sich jetzt anders vorgestellt. Sie war von der abweisenden Art dieses kleinen Katers doch mehr beeindruckt und verunsichert, als sie zugeben würde, und gekränkt hatte er sie auch mit seiner Bemerkung über ihr Fell! Wo kam der nur auf einmal her und wovon hat er da geredet? Jetzt hatte sie wirklich genug zu verdauen und beschloss, in die Wohnung zurückzukehren.

Sie ging durch das Fenster in den Keller, horchte, ob jemand im Keller oder im Treppenhaus war, und sprang mit großen Sätzen die Stufen hinauf zum zweiten Stock. Wieder eine geschlossene Tür! Da half jetzt nur maunzen … Es dauerte nur etwa fünf Sekunden und zwei kurze Miaus, bis Frauchen endlich die Tür öffnete.

Nine war sehr froh, dass ihr Krakeelen nicht die anderen Nachbarn auf den Plan oder besser gesagt, vor die Tür gelockt hatte. Frauchen hatte wohl schon auf sie gewartet und insgeheim natürlich gehofft, dass sie es von selber wieder zurück schaffen würde.

Der Rest dieses Tages ist schnell erzählt: Frauchen war froh und dazu mit ihrer Arbeit beschäftigt, Nine war randvoll mit Eindrücken und dazu sterbensmüde.

Auch abends machte die Katze keine Anstalten mehr, herauszuwollen, sondern schlief tief und fest in einem der Versandkartons, die im Arbeitszimmer lagen. Nur das gelegentliche Zucken der Pfoten und die leicht verdrehten Ohren verrieten, dass die Erlebnisse dieses Tages an unserem Kätzchen nagten und lebhaft nachwirkten.

Kapitel 5: Tinka und die Katzenklappe

Na, das war ja was gewesen gestern! Nine konnte sich schon jetzt ein Leben wie vorher nicht mehr vorstellen. Nur immer drinnen hocken? So gefährlich konnte es draußen gar nicht sein, dass nicht die Neugier und der Bewegungsdrang sie allen Widrigkeiten zum Trotz wieder hinauszogen. Und dann ihre Artgenossen!

Natürlich kamen sowohl Ralle als auch Gustav gleich in ihren Träumen vor: Nine versuchte darin fieberhaft, eine Maus im langen Gras zu fangen und Ralle hatte sie dabei nur verspottet. Obwohl sie immer nervöser und unsicherer wurde, saß der große gelbe Gustav nur untätig da auf seinem Hügel und hat grimmig und missbilligend geguckt!

Gitti war etwas anderes. Nach dem Aufwachen war Nine noch ganz mitgenommen von ihren Träumen. Als sie dann aber an Gitti dachte, war ihr wieder wohler ums Herz und sie bekam neue Lust auf draußen. Auch spürte sie den Drang, in ihrer neuen Umgebung dazuzugehören. Sie wollte die Katzen besser kennenlernen und auch mehr von ihnen und der Siedlung verstehen.

Die nächsten Tage liefen im Großen und Ganzen ähnlich ab wie die Tage zuvor. Nine durfte immer mal wieder für ein bis zwei Stunden raus und fühlte sich dabei sichtlich wohl. Sie blieb in dieser Zeit sehr vorsichtig und beschränkte sich im Wesentlichen auf den Streifen und die Büsche vor dem Haus.

Sie begann etwa damit, sich an Vögel heranzupirschen, auf die Bäume zu klettern und sich die Krallen zu schärfen, Insekten aufzuscheuchen oder die Goldfische im Teich zu studieren und dabei erste Erfahrungen mit dem Phänomen eines stehenden Gewässers zu machen. Nach allem, was man sehen konnte, fühlte sich die kleine Katze sehr wohl. Es gab draußen keine nennenswerten

Probleme – nur die Situation *im* Haus gestaltete sich nach wie vor logistisch schwierig.

Um Nine diese neuen Möglichkeiten zu geben, musste immerhin die schwere Kellertür stets offen stehen (zum Glück war es in der Hausgemeinschaft Usus, sie offen und arretiert stehen zu haben), sonst konnte Nine nicht zurück in die Wohnung (die Haustür mit jemand anderem zu betreten, auch wenn diese Person eigentlich nett war, war als Alternative für Nine zu diesem frühen Zeitpunkt keine Option).

In der Zeit, in der Nine dann draußen war, standen gleichzeitig, wie gesagt, noch die Lattentür des Kellerabteils und schließlich das Kellerfenster selbst offen. Zudem bestand weiterhin die Notwendigkeit für die Katze, sich lauthals an der Wohnungstür ankündigen zu müssen, auf dass ihr Einlass gewährt würde.

Nine interessierte das anfangs nur insoweit, dass sie schnell nach draußen kam und ebenso möglichst schnell durch das gefürchtete Treppenhaus wieder in die Wohnung. An Nachbarn oder daran, dass die Abteiltür als Folge den ganzen Tag offen stand oder etwa an die Wärmebilanz des Hauses aufgrund des offenen Kellerfensters dachte sie natürlich nicht. Frauchen schon.

Auch wenn sich Nine auf diese Details nicht so richtig einen Reim machen konnte, so spürte sie doch, dass es im Haus Widerstand gab gegen diesen neuen Modus der offenen Türen um der Katze willen.

Nine war bei jedem anderen Menschen im Treppenhaus ängstlich. Aufgrund ihrer feinen Sinne konnte sie ja schon beim Vorbeigehen an den Wohnungstüren hören und auch riechen, wenn sich jemand der Türe näherte – so eine Art Frühwarnsystem. Zudem muss man sagen, dass die Mehrheit im Hause ihr gegenüber sehr positiv und wohlwollend eingestellt war: Bei den meisten war es eher Nine, die den zwanglosen Kontakt auf den Stufen durch Flucht vermied.

Bei einer Partei jedoch war sich Nine nicht sicher. Wenn es dort zu einer Begegnung kam, waren diese immer sehr distanziert, fast feindselig. Da so etwas ja meistens ein beidseitiges Vergnügen ist, erschraken sie dabei auch selbst und zischten die Katze an. Diese Zeit- und Hausgenossen fühlten sich offensichtlich durch die Anwesenheit unserer Katze generell belästigt. Nine hatte diese Partei dann auch speziell im Visier, wenn es darum ging, sorgsam und wohlbehalten an deren Wohnungstür vorbeizukommen. Nine erkannte die Tür immer schon Meter im Voraus, da das geruchliche Potpourri aus Parfum und Aftershave für ihre empfindliche Nase nach einem Berg kompostierter Aprikosen roch. So wurde dieser penetrante Duft, der noch nach einer Stunde schwer im Treppenhaus hing zum Symbol dieses Unbehagens und der angezeigten Vorsicht. Direkt musste Nine eigentlich noch nicht unter diesem Konflikt leiden, sie bekam die Spannungen, wie gesagt, nur indirekt mit.

Auch gab es wieder so ein Gespräch zwischen Frauchen und ihrem Lebensgefährten, bei dem beide ab und zu besorgt zur Katze herüberschauten … es passierte aber vorerst nur eines: Am nächsten Morgen ging der Lebensgefährte mit Ninchen und einem Fuchsschwanz in den Keller und sägte die randständige Latte der Kellerabteiltür unten, unterhalb der horizontalen Strebe, um knapp 20 cm ab. So hatte sich der Abstand zwischen dem Türpfosten und der ersten Speiche der geschlossenen Tür verdoppelt, man sah aber kaum einen Unterschied. Auch Nine schaute sich das Treiben etwas ratlos an, bis der Lebensgefährte Nine hochnahm und sie mehr oder minder durch den neu entstandenen Abstand hindurchdrückte.

Da hat es geschnackelt im Katzenköpfchen und Nine ist gleich noch einmal von der anderen Seite durchgehuscht und dann wieder nach draußen verschwunden. Dieser Schachzug mit dem abgesägten Bein erwies sich als sehr nützlich für alle Beteiligten, war jetzt doch das Kellerabteil tagsüber geschlossen wie die der anderen Bewohner auch und Nine konnte trotzdem hindurch. Das Kernproblem des permanent offenen Kellerfensters jedoch war damit noch nicht aus der Welt.

So spitzte sich folglich einige Tage später die Situation zu – diesmal auch für unsere Katze spürbar: Nine hatte gut zwei Stunden draußen verbracht. Sie war dabei u.a. zwei- bis dreimal vor einem Hund präventiv in den Kellerfensterschacht unter den Rost geflohen. Nun war es genug und sie kam regulär wieder durch das Fenster in den Keller zurück. Soweit, so gut.

Sie durchquerte das Kellerabteil von Frauchen, schälte sich durch den Spalt in der Abteiltür und fand zu ihrer Überraschung die Kellertür geschlossen!

Das hatte es noch nie gegeben! Erst nahm unser Kätzchen es leicht, realisierte aber bald darauf, dass es so nicht ins Treppenhaus und damit nicht zu Frauchen zurück in die Wohnung kommen konnte. Ein paar halbherzige Maunzer halfen jetzt auch nichts … Es blieb Nine nur, im Kellerabteil zu warten, bis jemand die Tür wieder aufmachen würde.

Bevor jemand anders dies tun konnte, schaute Frauchen nach einer weiteren Stunde mal nach, wo ihr Kätzchen wohl abblieb, und fand die Tür geschlossen. Nine empfand pure Freude und war heilfroh, als sie ihr Frauchen erblickte und diese sie dann nach oben begleitete. In Frauchens Gesicht wiederum waren die Sorge und der leichte Schock abzulesen, wieso wohl jetzt auf einmal die Türe verschlossen war – jeder wusste doch inzwischen, dass die Katze dort hindurchmusste. Ohne die offene Kellertür war Nines Traum vom täglichen Freigang ausgeträumt …

Es stellte sich wenig später heraus, dass sich die Hauspartei, die ohnehin gegen Nine war, sich mit dem vorsätzlichen Schließen der Kellertür gegen das offene Kellerfenster und überhaupt gegen die Katze im Haus zur Wehr setzen wollte. Kein feiner nachbarlicher Zug, wie Frauchen fand, besonders weil sie das Thema nie zuvor angesprochen hatten.

Wie auch immer, so etwas gibt es anscheinend und aus Nines Sicht musste wohl oder übel eine Lösung gefunden werden – ein Zurück in die Wohnung war aus Katzensicht nicht akzeptabel.

Zusammengerollt auf dem Sofa beobachtete der Zankapfel mit vier Pfoten dann abends erneut die engagierten Krisengespräche zwischen Frauchen und ihrem Lebensgefährten. Nine hatte mittlerweile ein recht feines Gespür dafür, wann es dabei um sie und ihre jeweiligen Untaten oder Bedürfnisse ging.

Sie fragte sich kurz vor dem Einschlafen noch, ob der Lebensgefährte morgen wieder etwas absägen würde …. Tatsächlich geschah aber erst einmal gar nichts. Die Tür wurde halt von der einen Partei mehrmals täglich zugemacht und von Frauchen oder ihrem Lebenspartner ständig wieder geöffnet.

Nine ließ sich generell nicht sonderlich von diesen Querelen anstecken – sie wurde ja unter großem persönlichem Einsatz täglich raus- und reingebracht. Außerdem war sie schließlich ein Tier und hatte damit noch einen entscheidenden Vorteil gegenüber den sich grämenden und stets etwas befürchtenden Menschen: Sie lebte vollends in der Gegenwart (im Gegensatz zu uns Menschen, die wir das ein Leben lang wieder üben müssen, nachdem wir es als Kind verlernen) und solange sie der Gefahr nicht direkt gegenübersaß, gab es keinen Grund zur Besorgnis. Deswegen schlief sie wohl behütet ein, während die Menschen noch debattierten, wie dieser Interessenskonflikt zu lösen war.

Nine freute sich indes auf ihren nächsten Landgang nach dem Aufstehen. Sie hatte Gitti seit ihrem Treffen nicht mehr gesehen und wollte bei der nächsten Gelegenheit nach ihr Ausschau halten.

Am Folgetag musste sich unser kleines Kätzchen aber vorerst noch gedulden und den ganzen Morgen und sogar noch über Mittag in der Wohnung bleiben. Frauchen war länger außer Haus und dann durfte Nine natürlich nicht raus, weil sie keiner wieder hereinlassen konnte.

Sie schlief ein wenig und saß dann im Arbeitszimmer vor der Scheibe und beobachtete lebhaft das Treiben der Vögel draußen. An diesem Tag war es ein wenig stürmisch, die Blätter und Büsche bewegten sich in den wechselnden Winden. Die Vögel schienen davon aber unbeeindruckt. In der Dachrinne am Haus gegenüber hatte eine Spatzenfamilie ihren Eingang zu ihrem Nest unter den Dachpfannen. Wunderbar!

Meisen und Spatzen waren es hauptsächlich, die vor ihrem Fenster in den Bäumen und Sträuchern umherschwirrten. Ab und zu auch einige Exoten dazwischen mit bunten Farben – die stießen Nine sofort ins Auge. Genau wie die Amseln, die allein durch ihre Größe ein attraktives Jagdobjekt darstellten. Wenn die Vögel noch etwas größer wurden, wie bei den Elstern oder den großen Krähen zum Beispiel, wurde es Nine schon zu heikel. Hier begannen sich die Rollen von Jäger und Beute bereits langsam umzukehren.

Nine hatte trotz (oder wegen) des windigen Wetters große Lust zu klettern und zu jagen … hoffentlich kam Frauchen bald wieder!

Zur Mitte des Nachmittags war es dann endlich soweit. Frauchen kam und musste sich von Nine ein paar kräftige Klage-Maunzer gefallen lassen. Gleichzeitig freute sie sich aber und tretelte mit den Krallen auf dem Sisal-Teppich, das machte Nine häufig als Zeichen ihrer Freude. Nach einer kurzen Begrüßung war es aber auch genug mit den Förmlichkeiten und es ging ab nach draußen. Nach dem

Sprung aus dem Kellerfenster umsäuselte der frische Wind Nines feine Nase und transportierte die Düfte der Umgebung zu ihr.

Sie bewegte sich gleich sehr langsam und vorsichtig, um die Vögel, die in Gruppen in der Hecke surrten, nicht unnötig vorzuwarnen. Durch den leichten Wind raschelte es eigentlich überall und die sich wild bewegende Blätterpracht konnte so manche Bewegung oder Annäherung verschleiern – ideale Bedingungen für die Vogeljagd in den Büschen!

Nine saß am Rande des Gehwegs unter den ersten Zweigen und musterte regungslos den Luftraum über ihr. Dort! Auf dem Ast in vier Meter Höhe wippte eine fette Amsel hin und her (dass die Amsel etwas Übergewicht hatte, wurde von Nine nur positiv bewertet). Im Schleichgang geduckt näherte sich Nine dem Stamm des Bäumchens, – es war der, der nur gut drei Meter vom Haus entfernt ist und etwa fünf Meter hoch ist. Jetzt saß sie am Stamm des Baumes und blickte sehnsuchtsvoll nach oben. Der Stamm mochte so 15 cm Durchmesser haben. Die ersten Ausläufer begannen in ein bis zwei Metern Höhe und hatten ihrerseits Stärken von ca. 8 cm, die sich dann weiter verzweigten und verjüngten. In Richtung der Krone verloren die Ausläufer an Stärke und der Wind hatte es folglich leichter, je weiter außen oder je höher die Äste saßen. Die Amsel zum Beispiel bewegte sich auf ihrem Ästchen überhaupt nicht. Zusammen mit dem Ästchen wogte sie jedoch gut 20–30 cm hin und her, dabei bog sich die Rute durch das Gewicht der Amsel endständig etwas nach unten – man konnte den Eindruck gewinnen, er würde alsbald brechen.

Nine hatte den wippenden schwarzen Leckerbissen genau im Auge und begann mit ihrem waghalsigen Anlauf auf der von dem Vogel abgewandten Seite des Baumstammes. Den ersten halben Meter sprang sie, dann ging es im 4-Krallen-Antrieb hinauf zur ersten Verzweigung. Der Vogel sah nichts und hörte nichts in dem Geraschel! Weiter ging es jetzt den Baum hinauf – wie eine Schlange schmiegte sich die Katze elegant an den Stamm und gewann mit jeder Windung an Höhe, mal sich duckend, mal hangelnd, mal mit einem kleinen Hupfer.

Der Schwanz balancierte die jeweilige Unwucht. Schnell war sie so mit dem Vogel etwa auf einer Höhe. Hier oben wurden die Äste aber schon bedenklich dünn und es bewegte sich eigentlich alles unter ihren Pfoten. Um zu dem Vogel zu gelangen (was für eine aberwitzige Idee – auch für eine geschickte Katze), müsste sie jetzt noch einmal den nächsten Ast entlang, der etwa die Stärke eines Daumens hatte, und dann noch einmal abbiegen auf den Zweig, den die Amsel umklammert hielt. Nun würde sie den Vogel bald sehen können … Plötzlich blies ein gegenläufiger Wind den Ast beiseite, der die Sichtlinie zwischen dem Raubtier und seiner Beute verdeckt hatte. Nine verharrte stockstill auf ihrem Ast, nur gut einen Meter von dem Vogel entfernt.

„Wenn der Vogel nur einmal den Kopf nach links dreht, sieht er mich sofort!", dachte Nine in höchster Erregung. Der Wind schwenkte erneut um und der schützende Ast schwang mit seinen Blättern zurück in die Sichtlinie.

„Gut", dachte Nine, „aber wie geht es jetzt weiter?"

Ganz behutsam setzte sie die erste Pfote auf den Zweig mit der Amsel darauf, der auch gleich etwas weiter nachgab. Fast war es ihr, als könne sie den Vogel in ihren Ballen spüren, da regt sich noch etwas auf dem Ast etwa einen halben Meter links neben ihr, ähnlich weit vom Vogel entfernt.

Der Jagdtrieb und die Konzentration auf die Beute hatten ihre Sinne für alles andere getrübt – zwischen den Blättern schimmert es gelb und weiß hindurch.

„Was machst du hier? Hau ab! Das ist mein Vogel!", zischte es ihr von dort durch die Blätter entgegen. Nine war so erschrocken und überrascht, dass sie fast das Gleichgewicht verlor. Sie musste sich mit der zweiten Vorderpfote auf dem Ast abstützen. Augenblicklich bemerkte der schwarze Vogel, dass sich ihm in luftiger Höhe gleich zwei Katzen mit zweifelhaftem Vorsatz näherten.

Mit einem kurzen Satz war die Amsel entschwunden.

„Siehst du, das hast du jetzt davon, du taube Nuss! Warum sagst du der Amsel nicht gleich, dass du jetzt kommst?"

Nine stakste ein, zwei Schritte zurück auf den etwas stärkeren Ast, um sich dieser neuen Situation von links irgendwie zu stellen. Ein kurzer Windstoß und sie rutschte in dem Tumult mit einer Hinterpfote ab, konnte sich aber mit den Krallen der Vorderpfoten wieder geradeziehen. Jetzt, wo die Fixierung auf die Amsel nicht mehr alle ihre Sinne beanspruchte, bemerkte unser Jäger auch erst wirklich, wie hoch er sich über dem Erdboden befand und wie wackelig die ganze Angelegenheit geworden war.

„Sag mal, wie wolltest *du* denn bitte den Vogel fangen? Hör mal! Einfach rausspringen? Ich hatte ihn doch schon fast, bis du gekommen bist und so einen Rabatz gemacht hast! Kein Wunder, dass die Amsel abgehauen ist!", kam es wieder von nebenan.

Mit etwas festerem Stand sah Nine jetzt klarer, mit wem sie es hier oben überhaupt zu tun hatte. Auch ein Kätzchen, kaum so groß wie sie selbst. Überwiegend weiß mit einigen wenigen gelben Flecken.

Nine war insgesamt nicht ganz so verdutzt wie bei dem Zusammentreffen mit Gustav und Gitti, schließlich hatte sie gerade noch mit Hochspannung gejagt.

„Und wie hättest du sie gefangen, wenn ich mal fragen darf?", entgegnete Nine dem fremden Kätzchen.

Das war wohl genau die richtige Frage – das weiße Kätzchen wollte erst schnell etwas erwidern, stellte dann aber wohl fest, dass auch sie nicht wirklich einen Plan

Nine und Tinka auf Amseljagd

gehabt hatte, wie man der Amsel schließlich den *Coup de Grace* versetzen konnte. Beiden Katzen wurde nun klar, wie irrwitzig und letztlich aussichtslos, wenn nicht gar nur gefährlich, ihre wilde Hatz gewesen war (bei einer konsequenteren Analyse der Sachlage wären sie wahrscheinlich zu dem Schluss gekommen, dass die Amsel im Gegensatz zu ihnen fliegen konnte).

„Ach was soll's ... Ich bin Tinka, schön, dich kennenzulernen. Du musst die Neue sein ... Nine, oder? Gitti hat mir schon von dir erzählt." Mit diesen Worten blinzelte Tinka Nine zu und machte ein einladendes und freundliches Gesicht.

„Ja ...", entgegnete Nine, „wollen wir uns nicht unten weiter unterhalten?"

Es pfiff mittlerweile ganz schön durch die Zweige und es hatte nicht den Anschein, dass sich das Wetter beruhigen würde.

So elegant und geschickt Nines Aufstieg in die Krone gewesen sein mochte, wieder herunterzukommen war eine ganz andere Geschichte. Nine ging zwar zuerst, aber es zeigte sich schon bald, dass Tinka dabei auch nicht viel glücklicher aussah. So maunzten beide etwas hilflos vor sich her, während sie am Baum herunterrutschten. Bei der Kraxelei baumelte auch mal ein Hinterteil frei herum, einmal rutschte Tinka ab und fiel halb auf Nine. Mal ging es kopfüber voran, mal mit dem Schwanz zuerst. Kratzspuren am Stamm verrieten, wie krampfhaft sich das Unterfangen gestaltete. Schließlich sprangen beide von der untersten Verästelung zu Boden.

„So, das hätten wir geschafft! Hallo Nine!", sagte Tinka noch einmal und machte Anstalten, Nine mit einem breiten Schlecker über die Wange zu herzen. Nine wich ruckartig zurück und wollte ihr stattdessen eine mit der Pfote langen. Wo kommen wir denn da hin – Nine und spontane Herzlichkeiten? Auch wenn diese Begegnung äußerst spannend und vielversprechend war, gleich zum Schlecken überzugehen war unserer Nine nicht geheuer.

Tinka war etwas irritiert und um keine peinliche Situation entstehen zu lassen, stellte Nine ihr statt des Geschleckes lieber eine Frage:

„Du sagst, du kennst Gitti – wohnst du denn auch hier? Und hast du Gitti gesehen? Ich habe schon des Öfteren nach ihr Ausschau gehalten die letzten Tage, aber nichts von ihr sehen können."

„Oh ja, ich wohne auch hier, gleich eurem Häuserblock gegenüber. Gitti und ich sind sozusagen Nachbarn, das heißt vielmehr ihr Frauchen und mein Herrchen. Gitti hat sich nicht so gut gefühlt die vergangenen Tage. Ist ja nicht mehr ganz die Jüngste. ... Dann bleibt sie schon mal länger drin und entfernt sich nicht zu weit von der Heizung. Muss man sich nicht viel bei denken."

„O.k.", sagte Nine nach einigem Zögern, „du bist also Tinka ... auch schön dich zu treffen!"

Tinka hatte inzwischen mitbekommen, dass Nine jetzt nicht gleich die nahbarste Katze war, und freute sich deshalb schon über diesen Gefühlsausbruch.

„Ja ... Kätzchen ... jagst du auch so gerne? ... Blöde Frage! Sonst wärest du ja wohl kaum oben in den Baum hinauf geklettert?" Tinka versuchte offensichtlich, eine Brücke zu dieser neuen Katze zu schlagen.

„Ja, ... ich jage auch manchmal ... besonders Vögel ... Wie du ja gesehen hast."

„Vielleicht können wir mal zusammen jagen? Oder wir spielen am Teich? ... Wenn du allerdings lieber Mäuse jagen möchtest, könnte ich dir da ein paar interessante Plätze zeigen."

Nine stellte fest, dass diese Tinka wirklich sehr nett war und sie offensichtlich auch mochte. Zudem war sie etwa im gleichen Alter und hatte offenbar ähnliche Interessen. Wie auch immer, es war aufregend und Tinka machte Nine neugierig. Trotzdem brachte sie kaum etwas heraus. Es war erneut Tinka, die die Initiative ergriff.

„Hast du denn hier schon andere Katzen kennengelernt?"

„Ich habe den alten Gustav schon kurz kennenlernen dürfen. Ein ganz schöner Brocken ... hab mich anfangs ziemlich erschreckt."

„Ja, das kann ich mir vorstellen … ging mir auch nicht anders, als ich ihn das erste Mal getroffen habe. Sei froh, dass du eine Katze bist und kein Kater. Für die jungen Kater hier ist es wirklich kein Zuckerschlecken mit Gustav."

„Apropos junge Kater … darf ich dich etwas fragen?"

Tinka war ganz froh über die Frage. Vielleicht taute dieses reservierte Kätzchen jetzt so langsam auf.

„Aber na klar, frag mich was junge Schildpatt-Lady."

„Ich habe hier vor einigen Tagen einen jungen Kater getroffen, schwarz mit einem weißen Fleck auf der Brust. Er war sehr unfreundlich zu mir … insgesamt ein unsympathischer Artgenosse, wie ich fand. Aber er sagte etwas Rätselhaftes – ich hätte ja keine Ahnung und ich sei ja noch nicht einmal dabei gewesen … Weißt du, was er damit gemeint haben könnte?"

Tinka nickte schon während des Erzählens mit dem Kopf.

„Das war bestimmt Ralle!" beantwortete Tinka gleich ihre Frage.

„Genau, so hat er sich vorgestellt. Und was kann er gemeint haben?" Nine bohrte weiter nach der Antwort.

„Ich kann mich irren, aber er meint bestimmt das Katzenparlament, unseren Gemeinderat. Ich weiß, dass sein Vater Kralle ihn seit einiger Zeit manchmal dorthin mitnimmt … und jetzt muss er es jedem stolz unter die Nase reiben."

„Das Katzenparlament? Was ist denn das?" Das fand Nine nun höchst interessant.

„Wie, … was passiert da so? – Und … kann da jeder dran teilnehmen?

„Also ich war zwar auch noch nie dabei, aber soweit ich weiß, ist das unser Gemeinderat für Oberbach, so eine Art Regierung … für alle relevanten Katzenfragen. So hat es mir jedenfalls die Gitti mal erklärt. Teilnehmen kann man nicht so einfach. Man muss wohl ein gewisses Alter oder Reife erreicht haben und noch dazu muss man eingeladen werden, wenn die Zeit reif dafür ist. Das habe ich jedenfalls zu hören bekommen, als ich Gitti die gleiche Frage gestellt habe. Sie hat wohl im Rat mal eine wichtige Rolle gespielt."

Nine war jetzt richtig aufgeregt. Das war für sie etwas ganz Neues. Sie hatte ja bisher kaum überhaupt mit Katzen zu tun gehabt! Die Welt der Menschen, die Welt der Herrchens und Frauchens, war alles gewesen …

„Das möchte ich ja zu gern mal sehen. Können wir da hingehen?"

Jetzt war Tinka etwas überrollt von Nines plötzlichem Enthusiasmus.

„Ähhh, … das ist nicht so einfach, die Treffen finden planmäßig immer zum Vollmond statt, manchmal auch zum Neumond. Unten im Dorf, wo die Straßen ein Dreieck bilden. Genauer gesagt, unter dem Baum in der Mitte, hinter den großen Recyclingcontainern, umringt von den Büschen, finden die Sitzungen statt, immer um Mitternacht. An diesem Freitag ist wieder Vollmond, in vier Tagen also."

Tinka kamen diese Komplikationen gar nicht so unrecht, wollte sie doch nicht als feige Katze vor Nine dastehen. Sie selbst hatte daran noch gar nicht gedacht, so ganz ohne Erlaubnis die Dinge in die Pfote zu nehmen. Reizvoll und abenteuerlich erschien der Gedanke aber auch ihr.

„So weit weg! Und noch dazu um Mitternacht! Dann kann ich den Plan vergessen.", sagte Nine. „Ich kann um die Zeit nicht raus, ich wohne mit meinem Frauchen im zweiten Stock!" Nine war sichtlich enttäuscht und Tinka etwas erleichtert.

„Wie weit ist es denn runter ins Dorf … nur für den Fall?", fragte Nine kleinlaut.

„Ich würde sagen einige Minuten – für flinke Katzenbeine. Ich war mal dort bei Tageslicht, hab herumgestromert bei den Müllcontainern mit einem befreundeten

Kater. Wenn man sich nicht ständig verstecken muss, versteht sich. Du weißt schon, Autos, Hunde und so."

Nine wusste nicht wirklich. Sie dachte daran, dass sie bislang nur 50 Meter vom Haus entfernt unterwegs war. Die Aussicht auf fremde Welten, Abenteuer und Katzen, die ihre Angelegenheiten in einem Parlament selber in die Pfote nahmen, war sehr verlockend. Leider war ihr das ja nicht möglich …

„Ja, Tinka, trotzdem schön, dich getroffen zu haben.", verabschiedete sich Nine zerknirscht und orientierte sich langsam wieder in Richtung Kellerfenster. Der Wind erwies sich als Vorbote für den langsam einsetzenden Regen.

„Lass uns doch einfach etwas zusammen machen – es muss ja nicht gleich das Katzenparlament sein", schickte ihr Tinka noch hinterher.

„Du hast recht, Tinka, … ich freue mich, danke dir … und komm gut nach Hause!"

Mit einem Sprung war Nine wieder im Keller und auf dem Weg nach oben. Der Gedanke, dass es jenseits ihrer Welt scheinbar noch so viel Interessantes zu entdecken galt, ließ sie nicht mehr los.

Sie war abends dennoch sehr froh, drinnen und im Warmen zu sein. Als hätte sie an diesem Tage noch nicht genug erlebt, stand ihr an diesem Abend noch ein weiteres Schauspiel bevor: Wieder kam der Lebensgefährte von Frauchen mit einer neuen Erfindung, die unmittelbar mit ihr zusammenhing. Eigentlich wollte Nine in Ruhe schlafen. Stattdessen bauten die beiden Menschen so etwas wie einen Tunnel zusammen und zwangen Nine, ohne Grund dort den Kopf reinzuhalten. Wenn Nine das tat, machte es *klick* und die Tunneltür ging auf. Das hieß, so stellte Nine schnell fest, dass sie den Tunnel durchqueren konnte. Warum sie das allerdings mehrfach tun musste, war ihr an diesem Abend noch nicht völlig klar. Jedenfalls bekam sie dafür viel Aufmerksamkeit und wurde reichlich gestreichelt.

Der Sinn dieser Übung erschloss sich ihr, ihr werdet es bereits vermuten, am nächsten Tag. Dieser Tunnel, vielmehr eine Katzenklappe, wurde in das Kellerfenster eingebaut. Erst war das Fenster ganz weg und dann war es plötzlich wieder da – mit dem Katzentunnel darin. Jetzt konnte es geschlossen bleiben und Nine konnte trotzdem rein und raus!

Sie war natürlich erst überrascht ob der erneuten Veränderung, gewöhnte sich aber schnell an den Durchlass und registrierte zudem, dass ihr andere Tiere jetzt nicht so ohne weiteres in den Keller folgen konnten. Das gab ihr ein besseres Gefühl. Auch hatte sie den Eindruck, dass ihr Frauchen und der Lebenspartner damit nun zufriedener waren, schließlich hatten sie kein Interesse daran, dass im Hause Unfrieden herrschte.

Leider brachte diese Änderung keinen frischen Wind für die verwegene und rein theoretische Idee mit dem mitternächtlichen Ausflug zum Katzenparlament. Diese Möglichkeit eröffnete sich erst zwei Tage später:

Offensichtlich vom guten Erfolg der Katzenklappe im Kellerfenster beflügelt, rückte der Lebenspartner erneut mit einer Katzenklappe an: diesmal für die Wohnungstür! So musste unsere Nine nicht mehr im Treppenhaus maunzen, sondern konnte selbst zur Tür hineingehen – und hinaus!

Nine brauchte noch einmal ein bisschen, um zu verstehen, dass damit nun der gesamte Weg nach draußen frei war. In ihrer eigenen Regie sozusagen. Auch Frauchen war insgesamt noch ein bisschen skeptisch. War das nicht etwas viel Autonomie für eine Katze von einem Jahr? Das System musste sich erst bewähren. Für die Katze, für die Nachbarn und für sie selbst.

Man konnte gewiss die Klappe auch verschließen, wenn man daran dachte, den kleinen Stellhebel umzulegen, und nicht wollte, dass die Katze raus konnte. Auf jeden Fall fiel Nine damit aber mehr Verantwortung zu.

Völlig unerwartet erwachten damit gerade rechtzeitig auch wieder die verführerischen Gedanken bezüglich des Katzenparlaments. Schließlich war es erst Donnerstag und am morgigen Freitag um Mitternacht, so sagte es Tinka, fand die nächste Sitzung des Katzenrates statt ...

Nine freute sich den ganzen Abend über ihre neue Freiheit. Sie ging einige Male ins Treppenhaus und wieder zurück in die Wohnung, nur um sich daran zu gewöhnen und keck durch den Tunnel zu huschen.

Sie dachte dann später am Abend bei sich, dass man sich das mit dem Parlament morgen ja noch einmal in Ruhe überlegen könnte ... es war ja noch nicht zu spät. Auf jeden Fall wollte sie Tinka von den Katzenklappen erzählen und vielleicht auch ein Wort wegen der nächtlichen Sitzung verlieren.

Kapitel 6: Eine Versammlung bei Vollmond

Für Tinka war Nine ein echtes Rätsel. Zwar freute sie sich sehr, dass sie jetzt eine Freundin gefunden hatte, noch dazu eine in etwa in ihrem Alter und ganz in der Nachbarschaft. Jedoch waren die Dinge, die für junge Katzen selbstverständlich sein sollten, bei Nine immer irgendwie etwas komplizierter. Sich einfach ein wenig raufen und herumtollen zum Beispiel: Wenn Tinka um Nine provokant herumschlich, um ein kleines Scharmützel mit anschließender Verfolgungsjagd anzuzetteln, saß Nine oft nur irritiert da, legte den Kopf zurück und starrte verständnislos. Nach einigen Sekunden dann, wenn Tinka dachte, Nine würde gar nicht mehr auf ihre Provokationen eingehen, bekam sie von ihr eine mit der Pfote gewischt.

Nun gut. Tinka war ein lebensfrohes Kätzchen und bemühte sich, über diese kleinen Marotten hinwegzusehen. Schließlich war sie gerne mit Nine zusammen und liebte den Gedanken, mit ihr zu toben und Abenteuer wie das am Tag zuvor oben im Baum zu erleben. Das Brachland alleine war an einem Sommertag schon ein Erlebnispark. Zusammen mit Nine jedoch machte es doppelt Spaß!

Die beiden jungen Katzen strichen durch das lange Gras und jagten allerlei Insekten. Die Trampelpfade aus feinem Sand lagen naturgemäß etwas tiefer als die Grasnarbe und dienten als Lauerstellung – man sah nur die angelegten Ohren, wenn eine der Katzen für die andere einen Hinterhalt vorbereitete. Zudem war der Sand von der Sonne aufgeheizt und es war ein wohliges Gefühl, sich darin zu aalen und den Bauch zu wärmen.

„Und du kannst jetzt raus, wann immer du willst?", fragte Tinka.

„Nicht ganz. Mein Frauchen kann natürlich die Katzenklappe auch abschließen. Ich hoffe aber, dass sie das nicht so oft tut. Ich freu mich sehr. Wer hat schon Lust, immer nur drinzusitzen – es sei denn, man ist eine dieser feinen Perserkatzen!"

Tinka musste lachen und freute sich mit Nine auf die gemeinsame Zeit an der frischen Luft. Die beiden Kätzchen hatten hinter dem großen Erdhügel etwas rascheln gehört und wühlten gerade mit ihren Pfoten im Untergras, da fragte Nine plötzlich:

„Was ist jetzt mit dem Katzentreffen heute Nacht? Du kommst doch mit, oder?"

Tinka tat so, als hätte sie nichts gehört.

„Gleich haben wir sie. Muss eine Feldmaus sein oder etwas Ähnliches …"

„Tinka!?" Nine schien sich nicht vertrösten lassen zu wollen. Tinka hielt inne, die Feldmaus oder was immer es war, raschelte unter der Hecke hindurch und war weg.

„Warum möchtest du da unbedingt hin? Junge Katzen haben da nichts verloren. Außerdem muss man dazu eingeladen werden … wenn man soweit ist. Ich glaube, die reden da sowieso nur so ernstes Zeug, lass uns doch lieber spielen!"

„Du müsstest dich mal hören! Wer bist du eigentlich? Gitti? Oder die Wächterin des Katzenrats? … Komm, sei kein Frosch! … Ich habe es noch nie gesehen, hab mir nicht einmal vorstellen können, dass es sowas gibt!"

Tinka schüttelte verzweifelt den Kopf.

„Wir beobachten sie nur … ich möchte nur mal sehen, was dort so geschieht." Nines Neugier hatte wirklich etwas Ansteckendes.

„Wir werden bestimmt Ärger bekommen." Tinka fühlte sich sichtlich unwohl – ihr Herrchen hatte es überhaupt nicht gerne, wenn sie abends lange weg blieb. Und so ein Spaziergang mitten in der Nacht quer durch den Ort war auch für sie nicht so selbstverständlich. Andererseits war Nines Flehen recht eindringlich und sie wollte es sich mit Nine nicht verscherzen (natürlich wollte sie sich auch nicht als Hasenfuß entlarven lassen – schließlich hatte sie schon von dem Treffen erzählt).

„Na gut, wenn du es so gerne möchtest, können wir es ja probieren".

Beide Katzen waren nicht wirklich glücklich, jetzt, wo der Plan gefasst war.

„Die Versammlung beginnt um Mitternacht. Wir brauchen hinunter ins Dorf etwa zehn Minuten, wenn alles glatt läuft. Du müsstest dann eine Viertelstunde vor zwölf herunterkommen. Ich warte hier auf dich."

Tinka war nun nicht mehr nach Spielen. Sie trottete etwas niedergeschlagen in Richtung ihres Wohnblocks. Nine spürte ein Kribbeln in den Pfoten und ihr Herz pochte merklich. Angst vor der eigenen Courage? Auch ihr war nicht mehr nach Spielen zu Mute. Sie streifte nur noch einmal an der Hecke entlang und verschwand einen Augenblick später im Kellerschacht zur Katzenklappe.

Als Nine später am Abend in der Wohnung auf dem Sofa lag und Frauchen ansah, schwante ihr, dass es bei der ganzen Sache noch so einige Unwägbarkeiten gab. Sie hatte Tinka bereits Bescheid gegeben, aber was war, wenn Frauchen die Klappe nun absperrte?

„Werden wir ja sehen!", beruhigte sich das Kätzchen. „Frauchen geht meistens zeitig vor zehn Uhr ins Bett – dann werde ich es wissen!"

Es ist vielleicht besser, kein Aufsehen zu erregen, dachte sich unsere Nine und signalisierte Frauchen, dass sie heute recht müde sei. Dazu legte sie sich bereits um 21 Uhr an einen der Plätze, an denen sie häufig nachts schlief.

Man hätte wirklich glauben können, sie schliefe bereits fest – wenn nicht ab und zu ein Augenlid kurz hochgeschnellt wäre, um erwartungsvoll die Entwicklung in der Wohnung zu erfassen.

Gegen zehn Uhr war es schließlich soweit – Frauchen machte Anstalten, sich zu Bett zu begeben. Das bedeutete für Nine noch nicht gleich Entwarnung, denn Frauchen las im Bett manchmal noch eine gewisse Zeit … und bei der Wohnungstür war sich Nine auch nicht ganz sicher, ob sie nicht zwischendurch den runden Schalter auf „zu" gestellt hatte.

Nine war total aufgeregt, auch wenn sie das ja nicht zeigen durfte. Angst hatte sie auch: Was würde wohl passieren heute Nacht? Sie hatte sich auf dem Rattansessel oben in der Galerie unweit von Frauchens Bett schlafen gelegt, um ja keinen Verdacht bezüglich der Wohnungstür zu erregen. So gegen halb elf hatte sie das Gefühl, Frauchens Atmen hätte sich verstetigt und vertieft – sie schlief!

Jetzt hatte das Kätzchen sogar ein Gefühl von Schuld. Wie in Zeitlupe stand sie auf und tappte die Stufen der Treppe hinunter bis zur Wohnungstüre. Jetzt kam es drauf an!

Zögernd drückte sie ihren Kopf gegen die Klappe … und diese gab tatsächlich nach! Frauchen hatte die Klappe nicht verschlossen! Ein warmes Gefühl der Zuneigung und Dankbarkeit durchströmte die Katze. Entweder hatte Frauchen es vergessen oder sie vertraute ihrer Katze ganz einfach.

Und sie missbrauchte dieses Vertrauen gleich! Wieder eine Welle von schlechtem Gewissen. Doch die Neugier war stärker! Schließlich würde sie ja schon bald wieder da sein und Frauchen würde gar nichts merken …

Die verbleibende Zeit bis Viertel vor zwölf war eine echte Qual, sie verging schlichtweg überhaupt nicht! Nine war wieder nach oben getrapst und mimte weiter die schlafende Schöne, den kleinen Wecker auf dem Nachttisch stets im Visier. Einfach nur nachts eine Dösende zu spielen ohne dabei selbst einzuschlafen, war eine echte Herausforderung für eine Katze.

Nach einer Ewigkeit war es dann 20 Minuten vor zwölf. Nine atmete noch einmal tief durch, erhob sich übervorsichtig und marschierte auf Samtpfoten wieder hinunter zur Wohnungstür. Als sie plötzlich allein in diesem dunklen Hausflur stand, wurde ihr erst so richtig bewusst, was sie eigentlich vorhatte.

Es war anders als tagsüber. Viel weniger Geräusche und kaum Lichtquellen. Aber die Dunkelheit kümmerte sie ja nicht wirklich. Zu ihrem Glück kam jetzt der Nachtjäger, das Raubtier in ihr durch und milderte die Angst und Aufregung etwas ab. Mit geschärften Sinnen ging es durch den Keller und durch die zweite Klappe nach draußen.

Es war ein toller Moment für Nine, als sie aus dem Schacht stieg und das Näschen in die Luft hielt! Sie fühlte sich richtig frei, wie eine große Katze! Auch die Düfte in der Luft waren anders … ein nächtliches Bouquet … was gäbe es nicht alles zu schnüffeln, zu jagen und zu entdecken!

„Da bist du ja endlich!" Tinka saß in den Büschen gegenüber und wippte ungeduldig von einer Pfote auf die andere.

„Hier bin ich schon", sagte Nine eifrig, machte einen Satz zu ihr herüber und schleckte der völlig Überraschten über die behaarte Wange.

Tinka sah sie eine Sekunde sprachlos an. „Komm jetzt! Wir müssen los!"

Nine sagte nur: „Du musst voran gehen und mir den Weg zeigen!"

„Jaja", entgegnete Tinka, „wegen dir bekomme ich bestimmt Ärger. Hab mich durch das Fenster rausgeschlichen."

Die Wohnungen in dem Block gegenüber hatten alle die gleichen kleinen Seitenfenster zur Terrasse. Die ließen sich nicht von oben einen Spalt kippen, wie die meisten der heutigen Fenster, sondern wurden von unten vorgeschoben und arretiert – deutlich einfacher und sicherer (für Katzen) und praktischer für den ganzen Block, da fast in jeder Wohnung eine Katze ihr Domizil hatte. Manche hatten *dazu* noch eine Katzenklappe!

Sie tippelten nebeneinander her die Anwohnerstraße herunter, dann links in die nächste Straße.

„Hier bin ich noch nie gewesen!", sagte Nine ehrfürchtig.

„Hör mir zu!", mahnte Tinka eindringlich. „Wir beobachten die Versammlung nur, hast du verstanden? Und wir müssen dabei sehr, sehr leise sein und ins Ohr flüstern, nicht so rumbollern und laut maunzen wie sonst!

Es sind einige Katzen auf dem Treffen, die verdammt gut hören können. – Und auch sonst geschärfte Sinne haben!"

„O.K.", sagte Nine kleinlaut.

Die beiden jungen Katzenmädchen trotteten nebeneinander auf dem Bürgersteig, als von vorne ein Auto in ihre Straße einbog!

„Schnell, runter von der Straße!", rief Tinka, machte ein paar Schritte zurück und hüpfte über einen halbhohen Zaun auf ein rasenbedecktes Grundstück.

Nine war erst stocksteif vor Panik und machte dann ein paar hastige Schritte in ihrer Blickrichtung auf ein Grundstück mit einem hohen Maschenzaun und kleinen Nadelbäumen dahinter.

„Nicht dahin!", fauchte Tinka.

In diesem Moment, Nine wollte gerade zum Sprung ansetzen, tauchte zwischen den Kiefern die Schnauze eines großen Hundes auf. Ein tiefes und humorloses Bellen zerriss die Stille. Nine starrte in das große Gesicht des Hundes, nur etwa 50 cm vor ihr, die Ohren nach hinten gestellt. In diesem Moment dachte sie, es gehe zu Ende!

Sie sah die hochgezogenen Lefzen und die langen, im Licht des Mondes blinkenden Eckzähne. In den Augen des Hundes war abzulesen, dass er für Katzen definitiv wenig übrig hatte. Nach kaum mehr als einer Sekunde wurde

Nine sich des Maschenzaunes zwischen ihnen bewusst. Vielleicht war das doch noch nicht das Ende!

„Komm jetzt hier rüber!", Tinka versuchte ihr Bestes, um auch Nine in Sicherheit zu bringen.

Endlich drehte sich Nine zu ihr um, zündete den Turbo und sprang zu ihr auf das Nachbargrundstück. Das Auto hatte inzwischen aufgeschlossen, bremste etwas und fuhr langsam an der Szenerie vorbei. Der Fahrer oder die Fahrerin hatte wohl etwas bemerkt. Der Schädel des Hundes nebenan verschwand knurrend wieder im Dunkeln.

„Heiliger Kater! Du weckst noch das ganze Dorf auf!", zischte Tinka Nine aus ihrer eigenen Aufregung heraus an. Doch gleich danach sah Tinka, dass Nine nur noch ein Häufchen Elend war. Sie zitterte und saß zusammengekauert neben ihr auf dem Rasen.

„Ist schon gut, alles wieder in Ordnung! Ich hätte dir sagen müssen, dass dort ein Hund an der Leine im Garten Wache hält." Tinka kuschelte sich an Nine und schleckte ihr tröstend die Ohren. Das war das erste Mal, dass Nine so etwas zuließ.

Es dauerte eine gute Minute, bis sie sich wieder beruhigt hatte. Tinka war ihr deutlich zu nah auf die Pelle gerückt. Mit der Pfote bekam sie prompt eine gewischt! Nine stand auf und trat einen Schritt zurück.

„Können wir jetzt bitte weitergehen!" Tinka war ihrerseits ebenfalls nicht wirklich gelassen. Sie gingen auf die andere Seite der Straße, um dem übereifrigen Hund aus dem Weg zu gehen.

„Wie weit ist es denn noch?", fragte Nine eingeschüchtert.

„Sei jetzt bitte mal ruhig! Wir müssen nur noch zweimal um die Ecke, dann kommen wir der Kreuzung näher."

Sie bogen zügig nach rechts in die nächste Straße. Hier ging es für etwa 100 Meter bis hinunter zur Hauptstraße deutlich bergab. Nach ungefähr der Hälfte der Strecke standen einige Mülltonnen im Weg, die wohl schon zeitig an die Straße gestellt worden waren. Daneben einige Müllsäcke. Tinka und Nine hörten schon einige Meter davor, dass da jemand oder etwas zwischen den Tonnen sein Unwesen trieb.

Schon wieder ein Zwischenfall? Konnte ihr erster Ausflug nicht etwas ruhiger verlaufen? Sie näherten sich vorsichtig und zum Sprung bereit. Erst als sie direkt vor den Tonnen standen, konnten sie sehen, was da los war. Es war zum Glück kein Hund, sondern eine Katze, genauer gesagt, ein Kater. Er hatte eine Mülltüte aufgerissen und steckte mit dem Kopf halb in einer leeren Thunfischdose. Trotz seines Eifers fuhr er sofort herum und bemerkte die jungen Katzen, die einen Meter vor ihm auf dem Bürgersteig saßen.

Nine erschrak, als er sich umdrehte. Im Licht des Vollmonds konnte sie als Katze die Details ganz gut erkennen.

Dieser Kater sah zum Fürchten aus: Er hatte komplett schwarzes Fell, jedoch war es sehr ungepflegt und völlig zerzaust. Geradezu verwahrlost. Sein rechtes Auge war ganz verklebt und schimmerte milchig weiß, seine Ohren hatten Löcher und waren ausgefranst. Seine Mund- und Nasenpartie war verschmiert von Nahrungsresten und seiner triefenden Nase.

Nine bekam richtig Angst … so eine verlauste Katze hatte sie noch nie gesehen!

„Na ihr hübschen Kätzchen, wo wollt ihr denn noch hin zu dieser Zeit? Habt ihr vielleicht was zu essen?", krächzte es aus seinem Mund.

„Lass uns in Ruhe!", zischte Tinka ihn an.

„Komm, wir gehen weiter!", stupste sie Nine in die Seite.

Nine drehte sich noch ein paarmal um und sah den zerschlissenen Kater an, der ihnen hinterher sah und dann zwischen den Tonnen verschwand.

„Mein Gott, wer war das denn?", stieß sie nach zehn Metern hervor. „Und wieso sieht er so schlimm aus?"

„Das ist Smutje – alle kennen ihn hier im Ort. Er ist obdachlos und ein Rumtreiber – hat kein Herrchen oder Frauchen, schläft mal hier und mal da und frisst, was er so findet. War, glaub ich, schon immer so. Jedenfalls hat Gitti mal gesagt, sie kenne ihn nur so. Kam eines Tages hier in Oberbach an. Er muss auch schon über zehn Jahre alt sein."

Nine schaute Tinka gebannt an und lauschte ihren Erklärungen. Sie hätte noch einige Fragen dazu gehabt, doch nun bogen sie unten an der Hauptstraße nach links und Tinka signalisierte ihr, jetzt leiser zu sein (Pfote über den Mund).

Es waren jetzt noch 50 Meter; die Recycling-Container, die die große Verkehrsinsel zur ihrer Seite hin begrenzten, waren bereits deutlich zu sehen.

In der Mitte dieses Straßen-Dreiecks stand ein Baum und überragte die Umrandungen zu allen Seiten. Rings um den Baum war eine kleine grüne Rasenfläche, etwa in der Form eines gleichschenkligen Dreiecks von jeweils fünf Metern Seitenlänge – der Innenhof sozusagen, ein kleineres Dreieck innerhalb der größeren Verkehrsinsel. Auf der den Katzen abgewandten Seite war eine Bushaltestelle mit einem Buswartehäuschen. Vor allem aber war es die buschige Hecke, die das kleine Rasenareal unter dem Baum zu allen Seiten den Blicken der Außenstehenden entzog.

„Hör zu!", flüsterte Tinka. „Wir können uns nicht einfach hinter den Zaun setzen oder zwischen die Container! Das würde schnell einer merken. Außerdem könnten Katzen später kommen oder früher gehen oder sonstwie hier vorbeikommen – sowieso ein Wunder, dass uns noch niemand außer Smutje gesichtet hat!"

Das galt natürlich vor allem für Tinka mit ihren weißen und gelben Signalfarben – Nine hingegen war mit ihrem doch eher dunklen Schildpatt geradezu perfekt getarnt für den Boden und die Nacht.

„Aber wie sollen wir dann was sehen oder hören können?", fragte Nine nach einer kurzen Pause.

„Wie gesagt, ich habe mir was überlegt. Rechts an der Straße gegenüber ist ein kleiner Schuppen mit einem Wellblechdach, etwa zwei Meter hoch, da können wir es versuchen. Ich war schon mal dort oben. Wenn das Kaminholz noch hinter dem Schuppen liegt, könnte es klappen. Da haben wir heute auch den Mond im Rücken, damit unsere Augen nicht das Licht reflektieren.

Aber egal was wir machen, du musst unbedingt ganz leise sein und auch keine hektischen Bewegungen machen! Wir wollen keinen Ärger bekommen."

Die beiden jungen Katzen wechselten die Straßenseite und verschwanden durch ein Loch im Zaun des besagten Grundstücks.

Der Holzstapel war noch da! Ordentlich gestapelt, bildete das gespaltene Holz eine Treppe, die Scheite führten bis unmittelbar unter das Dach. An der linken Seite machte die Regenrinne einen kleinen Schlenker und man konnte (jedenfalls wenn man eine Katze war) von dort mit einem kurzen Satz und einer 90°-Wendung aufs Dach hopsen.

Nine spürte jetzt deutlich die Anspannung, als die beiden Katzen, jede mit dem Bauch in einer Rinne des Wellblechs, langsam nach oben an die Kante zur Straßenseite robbten. Das Dach des Schuppens stieg zur Straße hin leicht an, damit das Regenwasser nach hinten in die Rinne ablaufen konnte.

Etwa 20 cm vor der Dachkante wurde es interessant für die Katzen. Die Ohren wurden angelegt, Zentimeter für Zentimeter wanderte ihr Blick den Baum hinunter, der im Zentrum des Versammlungsplatzes stand. Schließlich blickten sie von schräg oben auf den Platz und konnten ihn fast völlig einsehen.

Nine traute ihren Augen nicht. Da saßen etwa 30 Katzen zusammen, in einem Halbkreis um den Baum herum, hier und da in kleineren Gruppen, die etwas dichter zusammensaßen.

Eigentlich waren es zwei Halbkreise: im oberen Rang, direkt am Baum, saßen nur fünf Katzen, darunter in etwa zwei Meter Abstand alle übrigen.

Es sprach der grau getigerte ältere Kater in der Mitte; offenbar hatte die Versammlung erst vor kurzem angefangen.

„... und darum, meine Mitkatzen, sollten wir im Zeitalter der Blechmäuse unser Verhältnis zu den Feld- und Spitzmäusen überdenken und zu einer friedlichen Übereinkunft kommen." Im Plenum war sowohl anerkennendes Schnurren zu vernehmen, als auch fauchende und knurrende Ablehnung.

„Ich habe aus diesem Grund die Abordnung der Feld- und Spitzmäuse zu uns eingeladen. Die Delegation wird bei unserem nächsten Treffen bei Neumond in zwei Wochen zugegen sein."

Besonders eine Gruppe von Katern rebellierte nun lauthals gegen diese Ankündigung. Ausrufe wie „Nicht zu glauben, wir sind doch Katzen!", „Die sollen mal kommen!" oder auch schlicht „Lecker!" waren zu hören.

Nine erkannte in der Gruppe auch den jungen Kater Ralle, direkt neben einem Kater, der wie eine größere und ältere Kopie von ihm aussah.

„Wer sind diese Katzen da oben? Die sehen irgendwie wichtig aus. Ist das der Katzenrat?" Nine knuffte Tinka in die Seite und beide zogen sich ein paar Zentimeter zurück.

„Ja", wisperte ihr Tinka direkt ins Ohr. „Der vornehme Kater in der Mitte ist Roosevelt, unser Katzenmeister, der Vorsitzende des Rates. Und die aufgeregte Gruppe da unten, *Wildkatzen* nennen die sich, glaub ich. Kralle ist ihr Anführer. Du hast seinen netten Sprössling ja schon kennengelernt. Dazu kommen noch einige Handlanger. Siehst du die beiden schwarz-weißen Kater hinter Kralle? Man nennt sie im Ort die Zwillinge, weil sie fast identisch aussehen. Du siehst nur ihre Köpfe hier vorne knapp über die Hecke ragen. Das sind Attila und Etzel, ziemlich dämliche Kater, machen alles, was Kralle ihnen

Das Katzenparlament

sagt. Fauch kann ich gar nicht sehen ... treibt sich wohl irgendwo anders rum.

Sie wollen ein Leben führen wie Wildkatzen ... nicht so viel Einfluss durch die Menschen, Herrchen und Frauchen und so ... so hat es mir Gitti jedenfalls erklärt, als ich das erste Mal Ärger hatte mit Ralle. Die ganze Gruppe möchtest du nicht wirklich zum Freund haben!"

„Und wer sind die anderen Räte?" Nine platzte fast vor Neugier. Sie rückten vorsichtig wieder zur Kante des Daches vor.

„Die Katzendame dort hinten ist Charlotte von Wendelstein, sie ist die Rätin für Katzenkultur und -pflege. Natürlich eine Perserkatze. Ich musste oft in ihre Putzkurse ... Sie ist nicht wirklich beliebt, kümmert sich aber um allerlei Probleme, die wir Katzen hier im Ort miteinander haben.

Neben ihr sitzt Justus, ein schwarz-weißer Kater, der Rat für Fragen des örtlichen Katzenrechts. Ich habe nicht alles verstanden von dem, was Gitti mir zu dieser Aufgabe erklärt hat, nur dass sie sehr wichtig ist und von einem Kater auf den anderen übertragen wird. Er hat viel zu tun mit Territorien und Grenzstreitigkeiten, Beuteteilung oder wer sich um den Nachwuchs kümmern muss, wenn etwas schiefgeht. Dann kommt, wie gesagt, Roosevelt. Wenn er mich tagsüber mal irgendwo sieht, fragt er immer, was ich so mache und schleckt mir über die Wange. Ich mag ihn, er war bisher immer nett zu mir."

Nine sah Tinka mit großen Augen an, wagte kaum, sich zu bewegen oder zu atmen.

„Links von Roosevelt sitzt der dicke Kasimir. Er ist ein Kartäuserkater und metallgrau – er ist der Schatzkater. Kommt wie Charlotte aus gutem Hause, er liebt gutes Essen und lässt es sich gerne gut gehen. Man sagt jedoch, er hat immer alles Wichtige zur Pfote oder könne zumindest alles Nötige organisieren. Ich kenne einige junge Katzen, die durch die Hilfe der Gemeinde ohne Menschen durchgekommen sind. Kasimir hat immer Hartfutter da oder auch mal ne Maus, kann warme Schlafplätze vermitteln und er soll auch schon mal jemandem einen Kratzbaum besorgt haben ...

Und der imposante beige-gelb-graue Kater hier vorne, der alle anderen um eine Kopflänge überragt, ist Sandokan –", gerade als Tinka das gesagt hatte, zuckte der Kopf von Sandokan herum und er blickte auf in Richtung des Schuppens. Beide Katzen erschraken und duckten sich nach hinten weg.

„Verdammt!, – der Außen- und Sicherheitsrat. Er ist ein Main Coon-Kater von zehn Kilo und hat Augen und Ohren wie ein Luchs!

Ja, er sieht mit seinen längeren Haaren aus wie eine Mischung aus einer Perserkatze und einem Luchs ... kümmert sich um alle Arten von Gefahren wie Hunde, Jäger, Fänger oder Autos. Die meisten Hunde im Ort kennen ihn und überlegen es sich zweimal, ob sie sich mit ihm anlegen!"

Nine hatte sich Zeit ihres kurzen Lebens gefragt, ob das wohl schon alles sein würde: Schlafen, Essen, ein bisschen Klettern und von Frauchen vergenusswurzelt zu werden. Vielleicht war sie keine ganz normale Katze, eigentlich wollte sie mehr, und was sie hier sah, öffnete eine neue, größere Welt und versetzte sie in helle Aufregung. Die Angst vor dem Ungewissen und der Hauch des Verbotenen taten ihr Übriges. Ihre Ohren zitterten und der Schwanz zuckte in der Rille hin und her.

Unten auf dem Versammlungsplatz ging derweil die Sitzung weiter:

„Ich darf nun zum Abschluss die Ratsmitglieder wieder bitten, kurz aus ihren Ressorts zu berichten. Sandokan, was gibt es Neues über unsere speziellen Freunde mitzuteilen?"

Sandokan nickte langsam und drehte bedächtig den majestätischen Kopf. Mit einer tiefen und leicht rauen Stimme begann er:

„Nun, wir haben seit Monaten nichts mehr von Fängern gehört oder gesehen, auch aus den Nachbargemeinden gibt es keine Anzeichen. Die Jäger halten sich zurzeit auch eher zurück. Ich mahne jedoch, sich nicht so weit von den Häusern zu entfernen – denkt an Felix im letzten Jahr, er war nur tagsüber Mäuse jagen auf dem Acker Richtung Auwald, keine 300 Meter vom Neubaugebiet entfernt!

Der Jagdhund vom Obstbauern sitzt, wie ihr wisst, nicht mehr nur in seinem Zwinger, sondern hat jetzt nachts Auslauf im ganzen Obstgarten.

Bitte sagt es den anderen, mit dem Burschen ist nicht gut Vögel fangen! Ansonsten ist es relativ ruhig. Es gibt ein oder zwei neue Hunde im Ort. Die sind aber bislang drinnen und an der Leine – keine Gefahr, wenn ihr mich fragt. Bezüglich der Straßen gibt es eine gute Nachricht: Die Menschen haben auf der Dorfstraße gleich hier hinter mir ein neues Schild aufgestellt und den Verkehr verlangsamt – hoffen wir, dass sich die meisten auch daran halten. Die Hauptstraße hier –", er deutete mit der Pfote nach vorne in Richtung der Müllcontainer, „bleibt zwischen dem Neubaugebiet und dem Waldstück sehr gefährlich, auch die Straße nach Hochacker macht uns Sorgen.

Bitte sorgt dafür, dass die jungen Maikatzen bald zu Charlotte in den Straßenkurs gehen! Auch den Herbstkatzen kann eine Auffrischung nicht schaden."

Sandokan nickte wieder und gab das Wort zurück an Roosevelt.

„Danke schön, Sando. Kasimir, wie steht es um unsere Vorräte?"

Der dicke Kartäuser zuckte etwas widerwillig zusammen. Er hatte nicht wirklich Lust dazu, bei diesen Versammlungen immer das Gleiche zu erzählen.

„Ähem, ... ohne genauer auf unsere Depots und Verstecke einzugehen, kann ich sagen, dass wir für eventuelle Härtefälle gewappnet sind. Ich möchte mich erneut bei allen bedanken, die im letzten Monat wieder etwas aus ihren Näpfen abgezwackt haben. Wir haben reichlich haltbares Hartfutter und sogar einige Blechmäuse – ungeöffnet versteht sich."

„Wo sind die beiden Mäuse und die Amsel geblieben?" Ein Zwischenruf von Blacky, einem mit zwei Jahren noch recht jungen schwarzen Kater. Er war ein sehr begabter Jäger, ein Meister in der Jagd auf Mäuse und Vögel. Er war bereits die rechte Pfote von Charlotte von Wendelstein und leitete für sie die Ausbildung der jungen Katzen im Jagen.

Ein Teil der Beute wurde regelmäßig treuhänderisch bei Kasimir abgegeben.

„Ähem, ... wie ihr wisst, haben wir noch keinen geeigneten kühlen Platz, um frische Ware länger zu lagern und vorzuhalten."

„Aber vorgestern lagen sie noch in der Huber-Scheune, hinter dem alten Anhänger auf dem kühlen Beton!", insistierte Blacky.

„Ich habe sie gestern geprüft und mich dann selber der beiden Mäuse und der Amsel angenommen ... sonst wären sie verkommen."

Kaum hatte er ausgesprochen, gab es Getuschel und Geraune im Plenum, manche schüttelten den Kopf, waren aber nicht wirklich überrascht. Auch Roosevelt sah ihn durchdringend und etwas missmutig an. Um zu verhindern, dass das Thema ausgeweitet wurde, fuhr Kasimir mit seinem Bericht umgehend fort.

„Die vier Waisen aus dem Frühlingswurf werden nach wie vor und dankenswerterweise von Minka behütet und aufgezogen. Wir unterstützen sie tatkräftig bei dieser Aufgabe.

Ja, damit möchte ich alle Anwesenden nochmals ermutigen, auch weiterhin Futter zu spenden und nach kühlen und sicheren Lagerstätten Ausschau zu halten. Danke!"

Der Bericht von Kasimir hinterließ einen schalen Nachgeschmack und so manch eine Katze schaute betreten auf seinen dicken Bauch.

„G-Gut, ...", Roosevelt fiel es sichtlich schwer, das Wort einfach weiterzugeben. „Justus, ich hoffe, wir haben zur Zeit wenig Streitigkeiten in unserer Gemeinde?"

Justus sah man auf den ersten Blick an, dass er ein wichtiges Amt innehatte, oder zumindest, dass er sich selber für wichtig hielt. Beim Gehen trug er den Kopf und den Schwanz stets hoch, er drückte sich gewählt aus und neigte auch mal dazu, andere Katzen in seine Nähe gar nicht wahrzunehmen. Sein schwarz-weißes Fell war klassisch: er war überwiegend schwarz mit weißen Pfoten, weißer Brust und einer ebenfalls weißen Schwanzspitze.

„In der Tat, es sind seit dem letzten Vollmond keine nennenswerten Streitfragen neu hinzugekommen. Wir haben leider die üblichen Verdächtigen, die einfach nicht einsehen können, dass ihr Territorium nicht bis zum Horizont reicht – trotz zahlreicher Ermahnungen und gar Ausschluss von der Versammlung. Wir haben Fridolin am Stoppelacker und den wilden Tony im Kellerweg ... und natürlich den alten Gustav. Sie scheinen unbelehrbar und ich empfehle vor allem den jungen Katern, sich von ihren Grundstücken vorerst fern zu halten. Sandokan wird in dieser Woche noch einmal bei ihnen vorbeischauen müssen."

„Siehste! Der alte Griesgram Gustav ... ein sturer Bock! Und wir sitzen mittendrin in seinem Reich – haben wirklich Glück, dass wir keine Kater sind!", flüsterte Tinka Nine ins Ohr. Diese lag flach gedrückt neben ihr, drehte das rechte Ohr wieder gerade und lauschte weiter gebannt dem Treiben dort unten.

„Charlotte, meine Liebe ...", fuhr Roosevelt fort.

„Natürlich, Roovi."

(Es war dem Vorsitzenden sichtlich unangenehm, so genannt zu werden – und nur Charlotte nahm sich aufgrund ihrer langen Freundschaft eine solche Koseform heraus.)

„Wie ich es hier schon mehrfach betont habe, lässt die Reinlichkeit unserer Jugend zu wünschen übrig. Mit ein paar Schleckern hier und da und einer kurzen Katzenwäsche ist es eben nicht getan!

Die jungen Mütter nehmen sich heutzutage keine Zeit mehr, ihren Sprösslingen das Putzen sorgsam beizubringen! Nicht nur deshalb sollten die jungen Kätzchen immer dienstags früh zu meinen Putzkursen ins Feuerwehr-Gerätehaus kommen. Ihr kennt den kleinen Eingang durch das angebaute marode Buswartehäuschen."

Charlotte wirkte durch ihr bloßes Aussehen und ihre Haltung absolut glaubwürdig. Nicht nur, dass sie eine reinrassige Perserkatze war, sie war auch tatsächlich eine Meisterin in den Bereichen, deren Standards sie entschlossen Geltung verschaffte.

„Den Straßenkurs, wie man sich gegenüber dem Verkehr richtig verhält, halten wir dann wieder am Donnerstag – erst im Hellen am Nachmittag und abends dann noch einmal im Dunkeln. Annabell dort von den *Hauskatzen* –", sie deutete auf eine Katze unten im Pulk der *Hauskatzen*, „hat sich bereit erklärt, den Kurs fortan für mich abzuhalten."

Ein anerkennendes Schnurren von Teilen der Zuhörerschaft war zu hören und Annabell senkte geschmeichelt und verlegen den Kopf.

(Die Gruppierung der *Hauskatzen* nannte sich nicht etwa so, weil sie ausschließlich im Haus blieben, sondern weil sie sich eben als Haustiere sahen und die Pflege des Verhältnisses zu den Menschen in den Vordergrund stellten. Sie stellten in ihrer Anpassung gewissermaßen das Pendant zu den *Wildkatzen* dar und waren nicht selten das Ziel von deren Spott und Hohn.)

„Des Weiteren möchte ich euch darauf hinweisen, dass unser Chor am Sonntag früh ein Schnurr-Konzert gibt: um neun Uhr im alten Gruberhof-Schuppen. Ihr seid alle herzlich eingeladen." Wieder Zustimmung im Publikum.

„Vielleicht noch ein kulinarischer Geheimtipp für diejenigen, die auch hin und wieder in den Nachbargemeinden unterwegs sind: In Himmelsblick hat ein exklusiver Imbiss für Feinschmecker aufgemacht. Es gibt einen Hain mit einer Vielzahl an Vogelarten und eine Gruppe junger Kater, darunter sogar ein Kater aus Frankreich, bietet dort an der Viehtränke die exotischen Leckerbissen an. Sie nennen es „Le Piepmatz". Ich hatte dort einen Dompfaff – es war ein Gedicht, kann ich euch sagen!"

Charlotte merkte wohl kaum selbst, dass sie sich dabei unbeherrscht mit der Zunge quer über den Mund schleckte und auch im Volke war so manches Magengrummeln zu vernehmen.

„Es ist aber nicht billig, ihr müsst schon einiges zum Tauschen mitbringen – und die Jungs haben schon einiges angeboten bekommen! Mein Tipp: vielleicht kommt ihr mit originellen Spielsachen weiter. Ich war natürlich auf Einladung des Bezirkskaters von Himmelsblick dort."

Sie nickte und gab damit das Wort wieder an den Vorsitzenden zurück.

„Vielen Dank, meine Liebe, für deinen Bericht und die zahlreichen Anregungen. Ich möchte euch, bevor wir die Sitzung schließen, nun noch die Neuregelung unserer Satzung zu den Abstimmungsregeln erläutern ...."

Tinka und Nine lagen nach wie vor auf dem Wellblechdach und bewegten sich nicht, Ohren runter, Pfoten an der Dachkante, Hintern flach und Schwanz in der Rinne versteckt.

„Nine, wir müssen jetzt wirklich los, sonst gehen gleich alle und dann laufen wir ganz bestimmt noch jemandem über den Weg!"

„Ist gut", sagte Nine mit leichter Verzögerung, „lass uns gehen!"

Sie robbten ganz langsam zurück bis zur Mitte des Daches und liefen dann geduckt bis zum unteren Ende. Ein Hopser brachte sie auf den Vorsprung der Regenrinne und noch einer von dort auf den Holzstapel. Sie trabten langsam durch den Garten und Tinka steckte den Kopf durch die Hecke zur Straße, ob nicht doch jemand herumstreunte oder die Sitzung vorzeitig verlassen hatte.

„Die Luft ist rein!", hauchte Tinka und schritt vorsichtig über die Straße. Hier konnte es noch einmal brenzlig werden, sie liefen keine fünf Meter an den Recycling-Containern vorbei. Da sie so langsam und vorsichtig gingen, konnten sie die letzten Worte von Roosevelt noch verstehen:

„... darum, liebe Freunde, seid wachsam gegenüber allen Gefahren. Wir treffen uns diesmal schon in zwei Wochen wieder und erwarten dann in Freundschaft die Mäusedelegation. Also, allen einen sicheren Weg nach Hause ..."

Mit jedem Schritt der beiden Katzen wurden seine Worte leiser. Jetzt rannten beide die Hauptstraße entlang. Als die ersten Katzen zwischen den Müllcontainern auftauchten, waren sie gerade mit den Schwänzen um die Ecke gebogen hinauf ins Neubaugebiet.

Nine fühlte sich jetzt plötzlich irgendwie schuldig. Die Aufregung und das Adrenalin arbeiteten noch in ihren Adern, dennoch wurde ihr wieder bewusst, dass sie sich zu ihrem nächtlichen Ausflug fortgeschlichen hatte, und sie bekam Angst. Sie dachte an Frauchen und wollte alles irgendwie ungeschehen machen.

Beide Katzen sprachen nichts, sondern rannten nur die Straßen hinauf und um die Ecken bis zu ihren Wohnblöcken mit dem kleinen Gartenteich davor. In nicht einmal zwei Minuten hatten sie es bis vor Nines Haustür geschafft. Keuchend und pumpend standen sie beisammen.

„Warte ...", keuchte Nine.

„Nee, Nine, ... es reicht für heute. Bitte heute keine Fragen mehr! Ich gehe jetzt nach Hause, gute Nacht!"

Damit drehte sich das kleine weiß-gelbe Katzenfräulein um und verschwand im Dunkel des Gebüsches gegenüber. Nine stand für einige Sekunden ganz allein unter dem klaren Sternenhimmel der Nacht und atmete tief durch. Sie fühlte sich wie eine große Katze!

Ihr Ausflug war geglückt und sie war irgendwie stolz auf sich. Es knackte und raschelte überall in der Dunkelheit um sie herum. Sie sah am Haus hoch und beschloss, nun wieder heimzugehen.

Hoffentlich hatte Frauchen nichts bemerkt, schließlich war sie über eine Stunde fort gewesen. Es konnte alles Mögliche passiert sein ... was, wenn sie die Katzenklappe zur Wohnung doch noch geschlossen hatte?

Sie schlich sich leise durch die Kellerklappe, durch den Keller und schließlich das Treppenhaus bis vor die Tür. Alles war ruhig. In einer Wohnung im Erdgeschoss lief noch ein Fernseher, das war alles. Jetzt kam es drauf an ... sie tippte mit dem Kopf gegen die Klappe – und sie gab nach!

Schnell rein und aufpassen, dass die Klappe nicht laut zuschlägt oder Ähnliches. Alles ruhig in der Wohnung!

Von oben aus der Galerie hörte sie das leise und monotone Atmen von Frauchen. Alles schien glatt gelaufen zu sein ... Nine war sehr erleichtert und wurde augenblicklich sterbensmüde. Es zog sie nach diesem Ausflug direkt zu Frauchen ins Bett. Sie kuschelte sich ganz dicht an Frauchen und begann satt zu schnurren. Frauchen hatte zum Glück einen tiefen Schlaf. Sie bemerkte unbewusst den warmen, schnurrenden Motor neben sich und streichelte sie ein-, zweimal, sagte dabei leise ihren Namen.

Nine war glücklich. Wäre sie nicht eingeschlafen, hätte sie noch lauter geschnurrt ...

Kapitel 7:   Nächtliche Nachsitzungen

Nicht alle Katzen gingen nach der Versammlung gleich nach Hause und schliefen selig ein wie unsere beiden kleinen mutigen Rumtreiber.

Man sah die Katzen nach dem Schlusswort von Kater Roosevelt hier und da alleine oder in kleinen Gruppen die Szenerie verlassen, je nachdem in welchem Ortsteil sie wohnten. Einige Gruppen, wie zum Beispiel die Hauskatzen oder auch die „Schwarz-Weißen" (es waren fünf Katzen, die sich nur aufgrund ihrer gleichen Fellfarben zusammengefunden hatten – ohne jegliche politische Bedeutung!), liefen im Gleichschritt hinter- oder nebeneinander und tratschten noch einmal über alle Themen des Abends und über die momentane Situation überhaupt, darüber, wer mal wieder rüpelhaft aufgefallen war oder gar nicht erst erschienen oder wieder Unerhörtes verlangt hatte ...

Sie hatten zumeist Vertrauen in die Entscheidungen des Rates und solange man ihre Tagesabläufe nicht sonderlich störte und ihnen den größten Kummer vom Leibe hielt, waren sie handzahme Zeitgenossen – und treue Unterstützer in den Abstimmungen!

Sie mochten Roosevelt und Charlotte von Wendelstein bewunderten sie geradezu. Es war klar, dass sie was Besseres war, außerdem war sie die Hüterin von Reinheit und Ordnung, und noch dazu sozial so engagiert!

Gerne würde die eine oder andere auch so vornehm und gepflegt aussehen wie sie. Darüber hinaus war es ihr Lieblingsthema, darüber zu spekulieren, ob der Katzenmeister nun etwas mit ihr hatte oder nicht. Dieses Gerücht hielt sich schon ewig in der Gemeinde. Die ein oder andere Katze will sie schon in eindeutigen Situationen gesehen haben ...

Nicht ganz so gleichmütig und unbeteiligt saß Kralle nach der Sitzung noch einige Minuten da. Seine dunklen Augen funkelten, die Pfoten zuckten nervös, manchmal blitzte das Weiß seiner Eckzähne hervor. Er war sichtlich sehr zornig und schien gleich zu platzen. Er hatte während der Versammlung nichts gesagt, nichts dazwischengerufen – das überließ er gemeinhin seinem Gefolge.

Die blieben selbstverständlich ebenfalls sitzen, auch wenn sie nicht wussten, warum. Direkt neben ihm saß Ralle und blickte stolz an seinem Vater hoch – ihm war es egal, sein Vater hatte immer einen guten Grund, und er war sein Sohn, der Sohn des Chefs! Das reichte ihm, um selbstgefällig sitzen zu bleiben. Er genoss es, auf die Zwillinge herabzuschauen (auch wenn sie erheblich größer waren) und die Nase hoch zu tragen – mit dem gleichen Selbstverständnis wie sein Vater.

Zudem kannte er dessen Ansichten und teilte schon die Respektlosigkeit gegenüber der ganzen Veranstaltung und den zahnlosen und angepassten Möchtegerntigern da oben unter dem Baum.

Zur Erleichterung von Attila und Etzel regte sich endlich ihr Anführer, der schwarze Kater mit dem kleinen weißen Fleck auf der Brust: „Ich will euch alle auf unserem Strohboden sehen. In zehn Minuten, und holt mir auch Fauch dazu – ich bin gespannt auf seinen Bericht!"

Die Zwillinge stoben augenblicklich davon.

„Vater, wann bist *du* endlich unser Katzenmeister und sagst ihnen endlich mal, wo es lang geht?", fragte Ralle sobald sie allein waren.

Kralle erwiderte darauf gar nichts, sah seinen Sohn nicht einmal an.

„Los, wir gehen!", bellte er befehlend und nahm dabei die Zähne kaum auseinander.

Als beide auf dem Strohboden ankamen, saßen die Zwillinge schon da und warteten auf die nächsten Schritte ihres Anführers.

„Wo ist Fauch?", knurrte er seine Vasallen ungehalten an.

„Wir haben ihn bei den Kaninchenställen gefunden, er sagte, er komme sofort."

„Wenn ich sage, er soll hierherkommen, dann ..."

„Ich bin hier, Boss", sagte Fauch ruhig, als er die Leiter zum Dachboden raufkam.

Er war schneeweiß und hatte glühend rote Augen. Sie sahen im Halbdunkel der Scheune geradezu dämonisch aus. Weil er ein Albino war, fiel ihm Zeit seines Lebens eine Sonderrolle zu. Obwohl schlau und gerissen, schaffte er es nie, von den anderen Katzen wirklich akzeptiert zu werden. Jahre der Zurückweisung und Verbitterung hatten ihn zu einem gehässigen und hinterhältigen Kater werden lassen.

Er folgte Kralle und seiner Gruppe, aber nicht, weil er ihn so bewunderte (im Gegenteil, tief in seinem Inneren fühlte er sich ihm sogar überlegen), sondern schlicht, um irgendwo dazuzugehören.

„Na endlich! Ich hatte schon gedacht, du kommst gar nicht mehr!"

„Nun bin ich ja da, Chef."

Fauch setzte sich neben die Zwillinge und machte den Halbkreis komplett. Bevor jemand noch etwas sagen konnte, polterte Kralle los (es hatte ja schon seit der Versammlung in ihm gebrodelt):

„Dieser Wichtigtuer – hält große Reden und vergisst, dass er eine Katze ist! Nicht nur dass wir alle zahme Stubentiger werden sollen, jetzt sollen wir auch noch Frieden schließen mit den Mäusen! Als nächstes sollen wir uns womöglich freundschaftlich von den Hunden totbeißen lassen! Wir müssen uns ja schämen vor den gestandenen Katern der Nachbargemeinden – und dann diese ganzen Jasager – hören sich den Unsinn an und finden das auch noch gut! Warum gehe ich eigentlich noch zu dieser lächerlichen Veranstaltung?"

(Kralle sprach im Kreise seiner Getreuen fast immer von sich, wenn er die Gruppe meinte.)

„Nein, ich werde da nicht länger mitmachen! Wir müssen uns als Katzen stark machen, unabhängiger von den

Menschen sein und uns wappnen gegen die Hunde und andere Feinde der Gemeinde!"

Ralle blickte mit funkelnden Augen stolz zu ihm auf.

„Aber Boss, ... d-du hast doch auch eine Menschenfamilie, bei der du wohnst?" Etzel bereute im gleichen Augenblick, dass er einen seiner wenigen Geistesblitze gleich laut ausgesprochen hatte. Alle in der Runde sahen ihn an. Kralle wuss-

Das Geheimtreffen der Wildkatzen

te auch nicht sofort eine Antwort. Etzel hatte da wohl einen wunden Punkt getroffen. Der Boss hatte tatsächlich ein reguläres Zuhause und wurde meist von Menschenhand versorgt, genau wie Fauch, der recht freizügig beim einem Künstler auf einem Resthof lebte – nicht wie Attila und Etzel, die wirklich halbwild zu den Bauernhofkatzen zählten.

Man hörte Kralle mit den Zähnen knirschen. Fauch war sehr amüsiert ob des kritischen Einwurfes, ließ es sich aber kaum anmerken.

„Es geht doch um die Einstellung und die Ziele, die man verfolgt, du Hohlkatze!" Beide Zwillinge fuhren zusammen.

„Es, ... es tut mir leid, Chef, ich hatte es nicht gleich verstanden."

Es dauerte noch einige Sekunden des peinlichen Schweigens, ehe sich Kralle wieder gefangen hatte.

„So, ... Fauch, ... was hat deine Pirsch ergeben?" Es war ihm ganz recht, etwas von sich abzulenken.

„O.K., Boss. Sandokans Bericht über die Hunde war im Ganzen korrekt, nur hat er vergessen, dass der alte Jagdhund vom Bauern Jensen jetzt im Haus wohnt und nachts nicht mehr draußen an der Leine ist. Der Hühnerstall ist also in der Dunkelheit völlig unbewacht – und sie haben viele Küken zurzeit ..."

Die Reaktion in der Gruppe blieb nicht aus. Man hörte Schlucken, Seufzen und das Schrammen der Krallen auf den Holzbohlen.

„Gut, ... weiter!"

„Die Lederpfoten aus Auwald (eine Gang junger Kater aus dem Nachbarort) waren schon wieder auf unserem Gelände. Sie jagen in dem Waldstück am Ortsausgang."

„Denen werden wir morgen Abend wohl mal eine Lektion erteilen müssen", Kralle blickte dabei auf die Zwillinge. Diese nickten beide gefällig mit einem „Oh ja, Boss!"

„Wir treffen uns hier kurz vor Mitternacht und legen uns am Wäldchen auf die Lauer. Ich will, dass jeder in Auwald an ihren Ohren sehen kann, was passiert, wenn man auf Oberbacher Grund herumwildert!"

Zustimmung und Euphorie in der Gruppe. Vor allem die Zwillinge hatten nie etwas gegen eine anständige Bambule.

„Weiter, Fauch!"

„Vielleicht noch – Unten an der Au wimmelt es zurzeit von Mäusen, ich habe alleine schon zwei in wenigen Minuten gefangen. Wenn wir gemeinsam jagen, dürfte es ein Festschmaus werden ..." Seine Augen schimmerten so tief rot, dass sogar Kralle ein Schauer über die Nackenhaare lief.

„Nicht schlecht, Fauch ... gar nicht so schlecht ... Dann fressen wir uns mal so richtig satt morgen Abend, haben dabei jede Menge Spaß und bringen uns in Stimmung für die lächerlichen Lederpfoten!"

Alle grinsten zufrieden und huldigten ihrem Anführer.

„Apropos Mäuse – wann sagte Roosevelt, kommt die Delegation der Feld- und Spitzmäuse auf dem Versammlungsplatz an? – Am Vorabend des nächsten Treffens bei Neumond, nicht wahr? – Es wäre doch jammerschade, wenn unseren Verhandlungspartnern etwas zustieße!" Seine Sprechpause hing in der Luft und jeder schaute verschlagen in die Runde.

„Also, was sind wir?", rief er zum rituellen Abschluss laut aus.

„Wildkatzen!", kam es als Schrei aus ihren Kehlen.

Ein Mensch, der neben der Scheune stand, hätte nur das hysterische Jaulen mehrerer Katzen die nächtliche Stille zerreißen hören, danach ein Abklang aus knurrenden und fauchenden Lauten, die nur langsam abebbten.

Keine hundert Meter Luftlinie von diesem Schauspiel saß Roosevelt auf der Terrasse „seines" Hauses. Genau gesagt, hatte er seinen Platz an der Ecke der steinernen Mauer, die zu beiden Seiten die Terrasse abgrenzte. Von dort schaute er in den Garten und an einigen Stellen weit in die Wiesen der umgebenden Gemarkung.

Hier saß er oft, wenn er nicht schlafen konnte. Besonders nach den Sitzungen im Katzenrat. Natürlich sah er als erfahrener Kater das ein oder andere Geschöpf in der Dämmerung sein Unwesen treiben und nicht wenige davon würden in sein Beuteschema passen, doch er konnte mittlerweile damit leben, sie nur zu beobachten. Er hatte sein Tagwerk getan und wusste noch dazu, dass sein gefüllter Napf nur wenige Meter hinter ihm auf ihn wartete - *ad libitum*.

Plötzlich fuhren erst seine Ohren, dann sein ganzer Kopf nach rechts herum in Richtung der Straße – gellende Schreie von Artgenossen waren aus einiger Entfernung zu hören. Dumpf, aber in der Nacht deutlich zu vernehmen.

Es war nicht das übliche Krakeelen zur Paarungszeit, auch nicht die vereinzelten Scharmützel der Kater in ihren Revierkämpfen, dies war etwas anderes.

„Was war das, Roovi?"

Mit ihrem weichen Gang schlenderte Charlotte aus dem Nichts um die Ecke der gegenüberliegenden Steinmauer und betrat die Terrasse über die zwei Stufen vom Garten her. Die Perserdame machte einen Satz auf seinen Teil der Mauer, setzte sich direkt neben ihn und schleckte ihm über seine rechte Wange.

„Oh, Charlotte, meine Liebe! Du kannst mich doch immer wieder überraschen!"

Er neigte den Kopf zu ihr und schnupperte in ihren langen Haaren.

„Ich dachte mir, dass du noch nicht schläfst ... du alter Zausel! Also, was treibt dich um zu dieser Zeit? Außer, dass du auf mich gewartet hast?"

„Du weißt doch, alte Kater brauchen nicht mehr so viel Schlaf ...", er drehte den Kopf in Richtung der Schreie und wurde wieder etwas ernster und nachdenklicher.

„Ich habe diese Schreie nicht zum ersten Mal gehört. Es scheint, als würde sich eine Gruppe Katzen regelmäßig versammeln und der Zweck dieser Treffen lässt wohl nichts Gutes vermuten ... wer trifft sich schon um diese Uhrzeit in einer Gruppe?"

„Wir treffen uns doch auch? Sind wir deswegen gleich kriminell?", sie schleckte ihm diesmal über das rechte Ohr.

„Sandokan hat mir schon berichtet, dass Kralle wieder Stunk macht in der letzten Zeit ... Er wettert gegen alles und jeden und möchte anscheinend wieder Anarchie in unseren Straßen!

Aber er und seinen Gruppe haben sich bislang immer an die Spielregeln gehalten ... Ich hoffe, sie besinnen sich auch diesmal. Verstehst du, es ist nicht gut, wenn wir uns mit den Menschen anlegen ... und auch nicht mit den Hunden ... Deswegen haben wir unsere Gesetze, sie –". Charlotte unterbrach ihn mitten im Satz, indem sie ihm ihre linke Pfote einfach über den Mund legte.

„Jetzt ist aber mal gut mit der großen Weltpolitik!

Dein Dienst ist jetzt vorbei ... Freut es dich denn gar nicht, dass ich da bin? Und außerdem – mein Frauchen bürstet mich erst morgen früh wieder gegen acht Uhr ... bis dahin werde ich nicht vermisst ... Ich würde dir also unter Umständen etwas von meiner kostbaren Zeit widmen ... Wenn du weißt, was ich meine ...?"

„Dann, meine Liebe, bleibt mir nichts anderes übrig, als dich heute Nacht in mein bescheidenes Körbchen einzuladen."

Beide steckten auf der Mauer ihre Köpfe zusammen.

„Lass uns noch etwas hier draußen bleiben! Es ist so eine schöne Nacht, so hell, man könnte meinen, man könne den Mond mit der Pfote berühren", Charlotte konnte bei aller sonstigen Contenance unter solchen Umständen richtig romantisch werden.

„Was meinst du, wenn die anderen Katzen uns jetzt so sehen würden, das gäbe ein Getuschel!"

Noch eine geheime Liaison

„Meinst du?", entgegnete Roosevelt. „Ich habe das Gefühl, die tuscheln schon jetzt genug ... Was soll's also, ist der Ruf erst ruiniert ..."

Die beiden rückten noch etwas dichter zusammen und ließen den Tag gemeinsam ausklingen.

Kapitel 8: Der Mäuse-Eklat

Als Frauchen um sieben Uhr im Nachthemd durch die Wohnung geisterte und ihren morgendlichen Gebräuchen nachging, lag ihre Katze noch flach im Rattansessel, alle vier Pfoten von sich gestreckt und das Kinn auf das vordere Pfotenpaar gestützt. Frauchen sah skeptisch zu Nine herüber und wunderte sich über das umgekehrte Rollenverhältnis an diesem Morgen.

Sie wird doch nicht krank sein?

Sorgsam kniete sie sich vor ihr hin und streichelte ihr der Länge nach über das Fell. Nine räkelte sich sogleich, streckte sich und gähnte, als würde sie gleich hinten über fallen. Keine zwei Sekunden später erinnerte sie sich wieder an alles. Sie riss die Augen auf, wie jemand, der bei etwas ertappt worden war und nun hoffte, dass vielleicht doch noch alles gut werden würde.

Jetzt war Frauchen jedenfalls gewiss, dass mit ihr alles in Ordnung war – Nine starrte sie wie gewohnt an und ging kaum auf ihre Liebkosungen ein.

„So, Nine, was machen wir jetzt mit der Katzenklappe?" Sie fragte so, als würde sie von ihrer Katze eine Antwort erwarten.

„Kann ich sie offen lassen, wenn ich nicht zu lange weg bin? Oder machst Du dann Unsinn? Jedenfalls bist Du ja noch da – hast wohl gar nicht gemerkt, dass ich vergessen habe, die Klappe heute Nacht zuzumachen?"

Nine verstand kein Wort, doch sie genoss es sehr, sicher in ihrer Wohnung zu sein und von Frauchen Zuneigung zu erfahren. Vielleicht war es ganz gut, dass Frauchen kurz danach das Haus verließ. So konnte sich unser Kätzchen in Ruhe noch einmal die Geschehnisse der letzten Nacht ins Gedächtnis rufen. Sie fühlte sich irgendwie gut, war stolz auf sich und – egal wie gefährlich es gewesen war – es war das Spannendste, was Nine bislang erlebt hatte!

Allein die ganzen Artgenossen ... und wie verschieden sie waren ... und doch schienen sie sich zusammenzuraufen und ihre Angelegenheiten selbst in die Pfote zu nehmen!

Diese Katzenwelt interessierte sie: wie viele Dinge gab es wohl da draußen, von denen sie bislang keine Ahnung hatte? Oh ja, die Neugier loderte wieder einmal in dem kleinen Schildpattkätzchen und trieb sie voran.

Welch eine Entwicklung in der jüngsten Zeit! Jetzt hatte sie ihr Reich hier drinnen, die Nachbarschaft da draußen, eine Gefährtin und sogar einen geheimen Zugang zur lokalen Katzenpolitik!

Sie ging an diesem Morgen ganz anders durch die Wohnung, aufrechter mit leicht federndem Gang: eine große Katze schreitet ihr Revier ab – und findet dazu noch den Napf mit Dosenfutter gefüllt!

Nach dem Frühstück und etwas Wasser schlappen kam es an der Wohnungstür noch einmal drauf an – würde die Klappe nachgeben? Sie tat es. Ab nach draußen!

Links an der Hausecke, wie gehabt auf dem Gehweg vor den Mülltonnen, saß Gustav mit seinem dicken gelben Kopf. Nine knurrte kurz in seine Richtung, nahm aber von dem Ungetüm nicht weiter Notiz. Sie wollte erst einmal eine Runde drehen, ihr Territorium abschreiten und dann unbedingt gleich bei Tinka vorbeischauen. Es musste schließlich alles besprochen werden.

Tinka wohnte in dem zweiten Haus des Blocks gegenüber, der gewissermaßen fast senkrecht zu dem Block lag, in dem Nine wohnte. Die Terrassen dieser Häuserzeile gehörten ohnehin zu Nines Rundgang – eigentlich zum Rundgang aller Katzen der unmittelbaren Nachbarschaft.

Tinka war nirgends zu sehen. Sie kam erst raus, nachdem Nine an ihrer gekippten Terrassentür das Maunzen angefangen hatte.

„Na endlich, wo bleibst Du denn? Komm lass uns spielen!", drängelte Nine.

„Ja, ja … ich komm ja!"

„Was ist mit Dir los? Sonst willst du doch immer spielen …"

„Du hast gut reden … Wie war es denn bei *dir* als du letzte Nacht nach Hause gekommen bist? Mein Herrchen saß jedenfalls schon hier in der Küche und hat auf mich gewartet – gegen ein Uhr! Er hat mit mir geschimpft und sich lange nicht beruhigt, obwohl ich ihm die ganze Zeit um die Beine gestreift bin."

„Das tut mir leid, Tinka, … Aber er hat dich doch wieder lieb gehabt später, oder?

„Ja, so zwanzig Minuten hat er mich schmoren lassen, dann hat er mich warmgepustet und ich durfte den Rest der Nacht bei ihm im Bett schlafen."

„Na siehste, ist doch alles in Ordnung! Bei mir ist nichts gewesen – ich bin ganz einfach raus- und reinspaziert. Kann es immer noch nicht glauben … Frauchen hat einfach die Klappe offen gelassen! Die ganze Nacht!"

„Sie vertraut dir eben", warf Tinka dazwischen.

Tinkas kleiner moralischer Seitenhieb dämpfte erfolgreich Nines allzu impulsiven Tatendrang und ihre buchstäblich unbändige Neugier. Sie senkte den Kopf ein wenig.

„Also los! Gehen wir ein paar Schmetterlinge aufscheuchen!", baute Tinka sie umgehend wieder auf. Beide trabten und tollten über den Rasen und die Parkstraße in Richtung Brachland.

Nach einer Stunde des Herumtobens hatten sich die beiden Kätzchen genügend verausgabt. Sie gingen zufrieden zurück zu dem kleinen Hausweg, der zwischen den Büschen ihrer Häuserblöcke hindurch führte.

Es kam, was kommen musste – Nine, von ihrer Ungeduld getrieben, stellte Tinka die Gretchenfrage:

„Soll ich dich dann bei Neumond wieder um Viertel vor zwölf hier abholen? Wenn wir beide herauskönnen natürlich nur …"

„Oh Nine! Gönn' uns doch wenigstens ein bisschen Zeit! Hast du noch nicht genug gehabt? Du hast gesagt, dass du nur mal gucken willst – und ich habe dir den Gefallen getan ... Jetzt muss doch auch mal gut sein!"

„Aber, willst du nicht auch wissen, wie es weitergeht und was so alles vor sich geht hier in dem Katzendorf?

Wir können doch jetzt nicht aufhören, wo wir alles gesehen haben ... und weiter die ahnungslosen Haustiere spielen! Also, bist du nun mit dabei oder nicht?"

Tinka sah sie an und druckste einige Sekunden unbehaglich herum. Ihr ging das viel zu weit ... und viel zu schnell, aber andererseits wollte sie es sich nicht mit Nine verscherzen und genauso nicht als Feigling dastehen.

„Ja vielleicht! ... Und jetzt schleich dich, du Nervensäge!"

Nine war guter Dinge in den nächsten Tagen, wenn auch etwas ungeduldig. Sie genoss die kleineren Dinge ihres Alltags in der kribbelnden Vorfreude auf größere Abenteuer, ähnlich einem Kinde, welches sich auf Weihnachten freut und alle Vorboten darauf begierig in sich aufnimmt.

Sie konnte nur nicht verstehen, warum sich diese Katzen nur ein- oder zweimal im Monat trafen ... Passierte denn in der Zwischenzeit nicht auch etwas Bedeutendes? Das Warten war ja unerträglich!

So vergingen die Tage bis Neumond recht unspektakulär.

Zu ihrer großen Freude hatte sie Gitti endlich wiedergetroffen und sich sehr angenehm mit ihr unterhalten. Sie hätte die alte Lady sehr gerne mit all ihren Fragen gelöchert, aber es erschien ihr doch sinnvoller, gerade jetzt nicht allzu forsch das Thema Katzenparlament anzusprechen. Dabei hatte Tinka doch angedeutet, dass Gitti selbst mal eine Rolle im Gemeinderat gespielt hatte ... Sie riss sich zusammen und machte lieber Smalltalk.

Darüber hinaus hatte Nine Zeit, ihr Frauchen und die Katzenklappe Abend für Abend zu studieren. Sie ließ die Klappe tatsächlich unverriegelt, wenn sie im Hause war, und auch nachts schloss sie sie nur ab, wenn sie länger weg blieb oder sogar über Nacht fort war. Also alles auf grün für nächtliche Rumtreiber.

So kam denn der Abend des Neumonds.

Nine sah durch das Fenster, dass es tatsächlich schon früher dunkel war als in den sonstigen Nächten. Frauchen krabbelte gegen zehn Uhr ins Bett, las noch ein wenig und ratzte wenig später selig weg.

Das Kätzchen brauchte dieses Mal nicht zu schauspielern. Sie schlich sich 20 Minuten vor Mitternacht aus dem Haus. Selbst ihre Katzenaugen brauchten einige Sekunden, um sich an die Dunkelheit zu gewöhnen.

Da stand sie nun auf dem Gehweg zwischen den Hecken und wartete ungeduldig auf ihre Freundin. Geräusche von überall, aber kein weiß-gelbes Kätzchen zu sehen!

Nach etwa fünf Minuten verlor sie die Geduld und machte sich auf zu Tinkas Terrasse. Sie musterte die Fensterfront in Erwartung, das Gesicht ihrer Freundin dahinter erkennen zu können. Nichts.

Die Küche war dunkel, das Kippfenster war geschlossen und auch die Küchentür tiefer in die Wohnung war offenbar zu. Tinka musste bei ihrem Herrchen im Wohnzimmer oder im Schlafzimmer sein!

Was jetzt? Die Versammlung fing doch in einer Viertelstunde an!

Sie bekam es mit der Angst zu tun. Sollte sie noch auf Tinka warten … oder einfach wieder zurück ins Haus gehen? Und schließlich klein beigeben? Sie blickte sich um, sah sehnsüchtig in Richtung des Dorfplatzes. Sie wollte wirklich wissen, wie es dort unten nun weiterginge … und zu spät kommen wollte sie auch nicht. Es reifte also der kühne Gedanke, es allein zu versuchen.

Unsicher trabte sie los, schaute sich mit hektischen Bewegungen rechts und links des Weges um. Es schien, als kannten ihren Beine den Weg und rannten wie von selbst durch den nächtlichen schwarzen Tunnel. Sie sah sich selbst dabei zu und konnte eigentlich nicht glauben, was sie hier gerade machte.

Sie bog zügig nach links um die erste Ecke. Eine Eule saß mit ihren großen, unbeweglichen Augen auf einem Lattenzaun am Straßenrand und observierte das kleine, mutige Kätzchen als es hastig vorüberzog. Nine schlich sich anschließend auch an dem Grundstück mit dem aggressiven Hund vorbei und wechselte dabei vorsichtshalber gleich die Straßenseite.

Nur noch zweimal um die Ecke biegen ... Bisher waren ihr keine Katzen über den Weg gelaufen, die ganz offiziell zur Versammlung wollten. Genau wie beim ersten Mal mit Tinka hatte sie Glück gehabt. Katzen an sich sah sie jedenfalls genug – man brauchte bloß die Augen aufzumachen oder die Ohren zu spitzen. Hier und da lauerten sie in den Büschen oder kauerten unter den Autos. Nine fragte sich, wie viele Katzen wohl insgesamt in der Gemeinde lebten und wie viele davon schon mal beim Katzenparlament waren. Wussten die alle davon?

Sie bog rechts herum. Jetzt konnte sie die Hauptstraße unten schon sehen. Die Mülltonnen standen heute nicht an der Straße. Dennoch hörte sie ein Rascheln von dem gleichen Grundstück, vor dem sie den heruntergekommenen Kater im Müll wühlen gesehen hatten. Sie stoppte und musterte den Vorgarten des Hauses. Und tatsächlich! An die seitliche Hauswand gelehnt standen einige Gelbe Säcke. Und in dem ersten Sack steckte zur Hälfte ein Kater. Schwarz und zerzaust. Nine hatte Angst!

Sie stand regungslos auf dem Gehsteig und blickte in seine Richtung. Er zog sogleich den Kopf aus dem Müllsack und fuhr herum. Wie konnte er sie bemerkt haben mit dem Kopf im Sack und halb in einem Joghurtbecher? Seine Sinne schienen noch sehr scharf zu sein – vielleicht

Smutje bei den gelben Säcken

ein Grund, warum er es Jahre auf der Straße vergleichsweise unbeschadet ausgehalten hatte.

Seine Stimme klang so krächzend wie das letzte Mal:

„Ahh, da bist du ja wieder, kleine Mieze! Wo hast du denn deine Freundin gelassen? Hast du *diesmal* vielleicht was zu futtern dabei? Oder weißt du, wo es etwas zu fressen gibt?"

Nine erwiderte nichts, sondern rannte augenblicklich weiter.

„Es darf auch schon ein bisschen älter sein ...", rief ihr Smutje noch hinterher.

Es pochte in den Schläfen der kleinen Katze, als sie die nächste T-Kreuzung zur Hauptstraße erreichte. Sie linste um den Steinpfosten des Eckgrundstücks herum in Richtung des Dorfplatzes: keine Katzen auf den letzten 100 Metern. Wenn sie es jetzt noch unentdeckt auf die andere Straßenseite schaffte, konnte sie nach der Hälfte des Weges durch die Hecke auf das Gelände mit dem Schuppen huschen.

Sie hörte schon eine Gruppe Katzen aufgeregt hinter den Recyclingcontainern tuscheln, als sie die Hauptstraße verließ. Schnell auf den Schuppen – vielleicht hatte die Versammlung schon begonnen!

Als unser Kätzchen sich an die Dachkante des Verhaus vorgerobbt hatte, sah sie zu ihrer Erleichterung, dass die Sitzung noch nicht angefangen hatte.

Die Katzen hatten ihre ringförmige Formation unter dem Baum noch nicht eingenommen. Im Gegenteil. Sie standen alle um einen Strohhaufen herum und machten einen ratlosen und aufgeregten Eindruck, die Katzenräte ebenso wie das gemeine Katzenvolk. Das Stroh war zerwühlt und die zahlreichen dunklen Flecken verhießen nichts Gutes.

Die Fragen von zwei gerade erst angekommenen Katzen waren für Nine aus dem Gemurmel vernehmbar:

„Was ist denn hier passiert?"

„Sollten hier nicht die Mäuse untergebracht werden?"

„Wer macht denn sowas? Sie waren doch unsere Gäste ... Schaut mal, da liegt ein Mäuseschwanz!"

Endlich ergriff einer das Wort, um den Tumult aufzulösen. Roosevelt nahm seinen Platz vor dem Baumstamm ein und richtete das Wort an die Anwesenden.

„Liebe Mitkatzen, ja, es ist leider wahr, jemand hat die Mäusedelegation gefressen!" Das Gemurmel schwoll wieder an. Überall Kopfschütteln.

„Wir hatten unsere Gäste gestern Abend noch willkommen geheißen, die Stimmung war gut und alle waren sehr zuversichtlich, dass wir die Beziehungen unserer beiden Arten auf ganz neue Pfoten stellen könnten. Und dann das! Sandokan und sein Team haben mir heute Morgen von dieser schändlichen Tat berichtet. Wir haben den Tatort unverändert gelassen, damit ihr alle einen ungeschönten Eindruck bekommt."

Eine der Hauskatzen schnüffelte an dem Strohhaufen und fuhr sich instinktiv mit der Zunge über die Schnauze. Sie wirkte dann aber gleich etwas peinlich berührt, als Charlotte von Wendelstein sie verständnislos ansah.

„Es muss also heute Nacht ein hinterhältiger Überfall auf unsere Freunde stattgefunden haben!

Ich kann Euch sagen, und wir sind uns da im Rat völlig einig, dass wir sehr bestürzt und beschämt sind und dass ein solches Verhalten unser Ansehen als Katzen insgesamt beschädigt und eindeutig den Interessen unserer Gemeinde zuwiderläuft.

Es wird aus diesen Gründen eine Untersuchung des Vorfalls geben. Richtet euch darauf ein, diesbezüglich befragt zu werden. Wir erwarten, dass jeder mit seinen Beobachtungen tatkräftig zur Aufklärung beitragen wird.

Natürlich könnten andere Katzen – und wir vermuten, dass es mehrere Katzen waren, es handelte sich immerhin um sechs Mäuse – aus der Gemeinde die Tat verübt haben oder gar welche von außerhalb, aber die Umstände legen doch nahe, dass die Spur in irgendeiner Weise hier ins Parlament führt. Schließlich hatte ich hier vor zwei Wochen in bester Absicht die Delegation und unsere Intentionen angekündigt."

Mit diesen Worten schweifte sein Blick über die anwesenden Katzen. Auch Sandokan musterte mit Argusaugen die Szenerie und achtete auf jede Regung.

Die allermeisten Katzen mussten sich mittlerweile eingefunden haben, auch wenn es immer Nachzügler gab und es nie so ganz vorhersagbar war, wer auch mal gar nicht kommen konnte oder wollte. Da unterschieden sich die Katzen in keiner Weise von uns Menschen.

Roosevelt und auch Sandokan hatten von Anfang an die sogenannten *Wildkatzen* im Verdacht. Kralle und seine Truppe machten ja keinen Hehl mehr daraus, dass sie mit den modernen Regeln des Hauskatzentums nicht konform gingen – soweit waren sie allerdings bisher noch nicht gegangen.

Kralle saß lammfromm da, gleich neben ihm sein Sohn Ralle, knapp dahinter die Zwillinge Attila und Etzel. Alle sahen seltsam gepflegt und aufgeplustert aus, als hätten sie sich kürzlich ausgiebig geputzt.

Kralle machte ganz und gar keinen betroffenen Eindruck, wirkte eher leicht amüsiert und die Zwillinge grinsten ganz unverhohlen und selbstzufrieden. Fauch war wieder nirgendwo zu sehen.

Ein Umstand, den Sandokan grundsätzlich nicht mochte ... Er traute dem Albino-Kater nicht über den Weg und hatte ihn lieber stets im Blick. Wenn es denn so wäre, dass die *Wildkatzen* hinter diesem Überfall steckten, so hofften Roosevelt und Sandokan darauf, dass sie ihnen die Tat auch nachweisen konnten. Bis dahin galt selbstverständlich *in dubio pro feles* – im Zweifel für die Katze.

Kapitel 9: ... und der Hühnerstall-Vorfall

Nine saß unterdes auf ihrem Ausguck und folgte gebannt dem Treiben dort unten. Wäre Tinka da gewesen, hätte sie sie wohl mal kneifen müssen. Sie war als Zeugin des Geschehens mindestens so aufgebracht wie die Beteiligten auf dem Platz. Ihr Schwanz peitschte auf dem Schuppendach hin und her.

Sie verschwendete keinen Gedanken mehr daran, ob es richtig gewesen war, alleine hierherzukommen. Dies hätte sie auf gar keinen Fall verpassen wollen! Erst das Katzenparlament und jetzt gleich noch ein handfester Skandal!

Roosevelt riss das Wort nach einigem Zögern wieder an sich:

„Also, wie gesagt, wir werden diesem Fall mit Entschlossenheit nachgehen. Sollten wir genug Erkenntnisse zusammentragen, wird Justus hier zu einer außerordentlichen Anhörung und Gerichtsverhandlung laden. Ich schlage nun vor, dass wir uns trotz des tragischen Zwischenfalls der Tagesordnung für die heutige Neumondsitzung zuwenden ..."

Aber die heutige Sitzung stand buchstäblich nicht unter einem guten Stern – gerade als die Räte ihre gewohnten Positionen eingenommen hatten und der Vorsitzende die Sitzung eröffnen wollte, sprang ein Kater in voller Fahrt von außen über die Hecke und landete mitten unter den Katzen.

Es war Samuel, ein vierjähriger Kater, grau getigert mit ein paar weißen Flecken.

„Sie haben den Hühnerstall von Bauer Jensen überfallen! ... Sie haben den Hühnerstall überfallen!", keuchte er hektisch. „Es ist ein furchtbares Durcheinander ... Sie haben sich sogar über die Küken hergemacht!"

„Jetzt beruhige dich erst mal, Sam!" Sandokan war sofort alarmiert und war gleich zu ihm gelaufen. „Was ist genau geschehen?"

„Der Bauer war hinter mir her! Mit der Mistgabel! Er dachte, ich hätte auch was mit der Sache zu tun. ... Aber ich habe doch gar nichts getan! Ich bin nur grad am Hühnerstall vorbeigekommen und hatte das ganze Blut gerochen ... Da dachte ich mir, ich schau mal nach.

Der Bauer stand schon im Stall und hat sich das Unglück angesehen ... Es war wirklich furchtbar! Überall Federn! Er ging dann sofort auf mich los ... Er war so sauer wegen seiner Hühner!"

„Ist schon gut, ... Jetzt beruhige dich erst mal!", Sandokan konnte es nicht fassen, dass es neben dem Mäuse-Eklat zu noch einem weiteren Zwischenfall gekommen war! Jetzt begann er die Sache wirklich ernst zu nehmen ...

„Sam, du wohnst ja gleich neben dem Jensen Hof, hast du davor oder danach andere Tiere in der Nähe des Hühnerstalls gesehen? Vielleicht einen wilden Hund, einen Fuchs oder einen Marder?"

„Eigentlich nicht, Sando. ... Warte mal, ich habe vielleicht doch was gehört, aber das war zwei, drei Stunden vorher gewesen. So gegen halb zehn. Genau! – Ich habe noch aus dem Fenster geschaut, weil es im Hühnerstall gegenüber so unruhig war ... Ich hatte mir nur nichts dabei gedacht, das kommt öfter mal vor, wenn die Hühner wegen etwas aufgescheucht sind. Oder wenn sie ihre Hackordnung ausfechten."

„Und hast du auch andere Tiere in der Nähe des Stalls sehen können?", bohrte der Sicherheitskater weiter.

Kralle saß keinen Meter entfernt und streckte vor Anspannung die Vorderpfoten ganz durch und nahm den Kopf zurück. Auch die Zwillinge grinsten nicht mehr.

„Es war verdammt dunkel ... Mir war aber einmal so, als

hätte ich einige Schatten über den Rasen huschen sehen. Ich konnte weiter keine Details erkennen ... Nur eins habe ich trotzdem ganz deutlich sehen können: eine weiße Katze!"

Sandokans Kopf fuhr schlagartig herum. Er hörte Samuel noch zu, aber blickte Kralle direkt in die Augen.

„Wo ist Fauch? Wenn das nicht ein überdimensionaler Iltis gewesen ist, den Sam da gesehen hat, kann es sich doch wohl nur um Fauch handeln, oder, Kralle?"

„Ich bin hier, Sandokan." In diesem Moment tauchte Fauch hinter den Recyclingcontainern auf und betrat den Dorfplatz. Seine roten Augen erschienen in der Dunkelheit fast schwarz.

„Entschuldigt bitte, dass ich so spät komme, ich hatte Ärger mit ein paar jungen Katern aus dem Nachbardorf. Während ihr hier tagt, streifen die nämlich durch unsere Wiesen ... Und *ich* habe ebenfalls eine Aussage zu machen: Habe gehört, was unser Samuel hier gerade so gesagt hat ... und was soll ich sagen ... er hat recht! Ich war zu der Zeit in der Nähe des Jensen-Hofes – aber als Zeuge!

Ich habe nämlich einen Kater blutverschmiert aus dem Hühnerstall kommen sehen: es war Smutje, der Obdachlose! Er war nicht bei Sinnen und hatte ein Küken noch im Maul, um es wegzutragen! Ich glaube, er hat mich in seinem Wahn gar nicht gesehen ...", er warf Kralle einen prüfenden Blick zu.

Sandokan sah ihn misstrauisch an.

„Du hast also Smutje aus dem Hühnerstall kommen sehen? Und du selber hast natürlich mit dem Überfall nichts zu tun, oder? Und die anderen *Wildkatzen* ebenso wenig, nehme ich an, oder Kralle?", er sah den Anführer der *Wildkatzen* an.

Jetzt schaltete sich Roosevelt wieder in die Debatte ein.

„Liebe Freunde, wenn es tatsächlich zu diesem Vorfall im Hühnerstall gekommen ist, ist das ein schweres Vergehen gegen die Grundsätze unserer Gemeinde und es setzt wahrhaft unsere Sicherheit aufs Spiel!

Ihr wisst, dass Bauer Jensen fordern könnte, dass die Jäger härter gegen herumstreunende Katzen vorgehen. Haben wir alles schon gesehen und die Jäger sind dabei nicht wählerisch ... Selbst ein Halsband wird euch nicht retten, wenn ihr euch weiter als 50 Meter von den Wohnhäusern entfernt. Die Hunde werden von ihnen dann auch hier und da verstärkt gegen uns angesetzt."

Die Katzen schauten betroffen zu ihm auf. Auch Nine war schockiert.

Smutje hatte ganz gewiss nicht am frühen Abend ein Massaker im Hühnerstall begangen, und das alleine, um sie nur zwei Stunden später nach etwas zu essen zu fragen. Außerdem war er zwar zerzaust gewesen, aber Blut hatte sie in seinem Fell keines gesehen. Mit einem solchen Ausgang hatte sie nun wirklich nicht gerechnet. Ganz langsam dämmerte ihr der Gedanke, dass sie nun auf tragische Weise mit dieser Geschichte verbunden war. Sie allein wusste, mit Ausnahme wahrscheinlich von Kralles Gruppe, dass Fauch gelogen hatte ... und dass vielleicht sogar die ganze Gruppe an dem Überfall auf die Hühner beteiligt war.

Sie hatte so gebannt zugehört, dass sie etwas aus der Hocke gekommen war und sich somit aus der Deckung begeben hatte. Ihre beiden Ohren und das Gesicht waren voll von unten zu sehen. Als ihr Blick über die Meute schweifte, bemerkte sie zu ihrem Schrecken, dass Ralle schon seit einigen Sekunden offenbar genau in ihre Richtung sah. Er blickte sie an!

Sie zuckte augenblicklich zusammen und nahm den Kopf wieder runter. Hatte er sie etwa auf dem Dach erkannt? Sie bekam Angst und überhaupt war das ganze mitternächtliche Intermezzo doch ein bisschen viel geworden für unsere junge Katze – ihre Neugier war fürs erste auch gestillt!

Sie schaute vorsichtig noch einmal zu Ralle. Er flüsterte seinem Vater etwas ins Ohr und machte sich auf, den Versammlungsplatz in ihrer Richtung zu verlassen ... Jetzt war keine Zeit zu verlieren! Alarm!

Sie duckte sich nach hinten weg und sprang in einem Satz vom Dach des Schuppens auf die Erde. Eigentlich keine Höhe für eine Katze, doch es waren immerhin gut zwei Meter und sie war in der Eile nicht richtig aufgekommen. Ihre linke Vorderpfote schmerzte nach dem unsanften Aufkommen, doch das Adrenalin und ihre Angst sorgten dafür, dass das Kätzchen einfach nur weiterlief. Sie konnte nicht über die Straße, jedenfalls jetzt noch nicht, denn Ralle würde die Straße der Länge nach einsehen können. Also musste sie auf ihrer Seite vorerst Land gewinnen.

Als letzte Worte hörte sie noch Roosevelt, wie er die Verhandlung des Falles für übermorgen um Mitternacht anordnete, um für eine schnelle Klärung des Vorfalls zu sorgen.

Nach nur zwanzig Sekunden war Nine auf der Höhe der Straße, die zurück ins Neubauviertel hoch führte. Sie blickte vorsichtig in Richtung des Platzes – kein Ralle in Sicht! Dennoch war es ihr zu riskant, jetzt über die Straße zu gehen. Also ging sie noch etwa 100 Meter weiter und kreuzte dann auf die andere Seite. Als sie sich erleichtert umblickte, sah sie unten vor den Glascontainern im fahlen Licht der Straßenlaterne einen kleinen schwarzen Kater stehen, der in ihre Richtung die Straße entlang blickte.

Kapitel 10: Zwischen den Fronten

Erst als sich ihre Aufregung etwas gelegt hatte und das Adrenalin zurückgegangen war, bemerkte Nine auf dem Heimweg die Schmerzen in ihrer linken Vorderpfote. Gebrochen war da wohl nichts, aber verstaucht hatte sie sich das Bein bei dem Sprung ganz ordentlich. Sie humpelte notgedrungen auf einem anderen Weg zurück in das Neubaugebiet, etwa parallel zur gewohnten Straße.

Sie kannte diesen Weg nicht, auf den Ralle sie quasi gezwungen hatte, aber das war ihr jetzt herzlich egal. Nachdem sie dem Drama von eben noch einmal entkommen war, erschienen ihr die dunklen Wege und Vorgärten mit all den Sinneseindrücken geradezu harmlos. Irgendwo in dieser Himmelsrichtung würde schon die Wohnung von Frauchen wieder auftauchen ... und richtig: schon nach einer Parkbucht und einem Fahrradweg quer durch die anliegenden Häuser und Gärten war sie wieder auf der ihr bekannten Anwohnerstraße zu ihrem Häuserblock. Nine war natürlich froh, wieder zu Hause zu sein – zur Ruhe kam sie diesmal jedoch nicht gleich.

Sie sinnierte über die Geschehnisse der Nacht, fragte sich beklommen, ob Ralle sie auf dem Schuppen wohl erkannt hatte und ob das damit dann das letzte Mal gewesen war für sie und das Parlament ... Wo sollte sie sich verstecken, wenn Ralle immer damit rechnete, dass sie irgendwo lauschte?

Der Schuppen war schon der beste Platz gewesen. Und dass dieser weiße Kater einfach behauptet hatte, der arme Smutje habe das Massaker im Hühnerstall angerichtet – dabei konnte er es gar nicht getan haben ... Aber das wussten nur die Täter, die sich anscheinend irgendwie verschworen hatten ... und sie! Der harmlose Zaungast, das kleine Schildpattkätzchen von einem Jahr.

Smutje war zwar unheimlich und ziemlich abstoßend, aber Unrecht musste ihm deswegen nicht gleich geschehen, fand Nine und wurde zornig über die Dreistigkeit und Bosheit des weißen Katers.

Und Tinka hatte das Ganze verpasst!

„Das wird sie mir alles nie glauben", dachte Nine bei sich, „... jetzt aber noch ein bisschen schlafen."

Sie schlief noch eine ganze Zeit lang nicht ein und auch in ihren Träumen spielten sich bis zum Morgengrauen Dramen rund um das Katzenparlament ab.

Frauchen war besorgt, als sie bei Tageslicht Nines humpelnden Gang bemerkte. Sie war ganz lieb zu ihr und prüfte sorgsam ihr Bein, ob sie damit nicht lieber zum Tierarzt gehen sollten. Nine hoffte nur, dass das keine ernsthaften Konsequenzen für sie hatte ... wie Hausarrest oder sonst irgendwas. Gerade jetzt brauchte sie ihre Freiheit und ihren Aktionsradius. Wer konnte wissen, was in diesen Angelegenheiten noch so alles von Nöten war. Sie tat dann auch nichts Unüberlegtes oder Auffälliges, ging so normal, wie sie es eben konnte, um Frauchen nicht weiter zu beunruhigen und verhielt sich ruhig bis sie schließlich die Wohnung verlassen hatte.

Sie saß mit dieser ganzen Geschichte auf heißen Kohlen und musste ihr Geheimnis endlich mit Tinka teilen, und zwar sofort!

Doch draußen war erneut erst nichts von der weißgelben Katze zu sehen. Nine streifte die Nachbarschaft kurz ab, bevor sie vor der Terrassenfront von Tinkas Wohnung hielt und gleich Rabatz machte. Das Seitenfenster war zwar gekippt, aber von ihrer kleinen Freundin kam keine Antwort. Langsam machte Nine sich Sorgen. Da trottete Tinka selenruhig vom Nachbarhaus her zu ihr auf die Terrasse.

„Nine Katze!, da bist du ja endlich, dem Himmel sei Dank!"

Nine freute sich zwar auch, konterte aber etwas zickig:

„Was heißt, wo war denn ich? Wo warst *du* denn die ganze Zeit? Wir wollten uns doch treffen!"

„Du hast auf mich gewartet gestern Nacht, oder? Es tut mir ehrlich leid, Nine … Mein Herrchen ist nach unserem Ausflug vor zwei Wochen ziemlich nervös und er „kümmert" sich wirklich *sehr* um mich. Er schließt jetzt häufiger nachts das Fenster oder gleich die Tür zur Küche … und dann kann ich nicht raus!

Hab natürlich an dich gedacht um Mitternacht, aber es gab keine Chance dieses Mal. – Und stell dir vor, es war vielleicht ganz gut, dass wir uns nicht zur Versammlung geschlichen haben! Hab gerade Gitti nebenan getroffen – du weißt, sie ist immer gut informiert– und die hat mir erzählt, dass es da gestern richtig zu einem Skandal gekommen ist, genauer gesagt sogar gleich zu zwei Skandalen!"

Nine druckste herum und wollte ihr dazwischenfahren, aber Tinka war nicht zu bremsen.

„Unbekannte sollen eine Gruppe Mäuse gefressen haben, obwohl die gar nicht zum Fressen gedacht waren! Der Gemeinderat wollte wohl mit denen was besprechen, seltsam oder?

Und dann wurde auch noch ein Hühnerstall überfallen: von Smutje, dem alten Schurken – einige Katzen haben ihn wohl dabei beobachtet! Das ist wirklich sehr schlimm, da nun der Bauer sehr wütend auf uns Katzen ist und andere Menschen gegen uns aufbringt – dann schießen die Jäger wieder auf uns!

Gitti sagt, so etwas hat es schon öfter gegeben, damals. Manche Übeltäter wurden für so etwas gar aus dem Ort geschmissen, damit sie uns nicht weiter in Gefahr bringen. Das war wohl auch einer der Gründe, warum das Katzenparlament einst vor Unzeiten von unseren Vorfahren gegründet worden ist: Damit wir uns das Leben nicht selber allzu schwer machen und mit unserer Umwelt, wann immer es geht, in Frieden leben und so, hat Gitti erklärt.

Jedenfalls soll es morgen Nacht eine Gerichtsverhandlung zu dem Fall geben. Er und noch ein anderer weißer Kater sind des Überfalls angeklagt. Keine Ahnung, warum da noch einer verdächtig ist ... Smutje ist schon ewig ein Einzelgänger. Er wird bestimmt seine Strafe bekommen, dieser Schurke, dann kann er uns auch nicht mehr auflauern im Dunkeln. Was sagst du jetzt? ... Wenn ich dir so davon erzähle, wäre es vielleicht doch ganz spannend gewesen, das alles mit anzusehen ..."

Jetzt ergriff Nine endlich das Wort: „Tinka, ich *bin* gestern Nacht dort gewesen! Ich *habe* alles auf der Versammlung mit angesehen ... und ich muss dringend mit dir darüber reden!"

Tinka war baff und sah sie ungläubig an.

„Ist das jetzt wieder einer deiner übermütigen Witze? Du bist doch nicht wirklich alleine losgegangen, oder?" Nine starrte sie regungslos an.

„Obwohl, ... Du bist Nine ... und bist nun wirklich für jede Dummheit zu haben ... oh Nine!", sie schleckte ihr bei dem Gedanken, sie sei dort gewesen und unversehrt wieder heimgekehrt, quer über die Wange.

Nine schüttelte sich kurz und begann Tinka von ihrem Dilemma zu erzählen. Für neckische Spielereien hatte sie gerade keinen Sinn.

„Doch, ich war dort. Und nun hör zu! Smutje kann es nicht gewesen sein, ich habe ihn wieder getroffen, auf dem Weg zum Dorfplatz, du weißt, bei dem Grundstück mit den Mülltonnen, wie das letzten Mal. Er hat auch diesmal im Müll gewühlt und mich nach Essen gefragt ... verstehst du? – Und dann soll er nur zwei Stunden vorher alleine einen halben Hühnerstall gerissen haben?

Er erschien mir auch nicht von Sinnen, jedenfalls nicht wie jemand, der gerade einen Blutrausch hinter sich hat.

Er hatte nur Hunger. Dieser weiße Kater", fuhr Nine ernst fort, „er gehört zu Kralles Truppe, ich traue ihm nicht!

Tinka, ich denke, da will jemand die Sache dem obdachlosen Smutje ins Fell schieben! Ist doch klar: Viele würden ihm das zutrauen. Er hat keine Freunde und niemand schert sich wirklich um ihn ... Er wird die Verhandlung verlieren! Wird ein ideales Bauernopfer werden – im wahrsten Sinne."

Tinka hatte ihr gebannt zugehört und wollte gerade etwas sagen, da bemerkte sie plötzlich etwas in ihrer Blickrichtung im Gebüsch in Nines Rücken. Sie neigte den Kopf zur Seite und blickte an Nine vorbei in das Gewirr aus Zweigen und Blättern hinter ihr.

„Was ist denn?", fragte Nine und drehte sich ebenfalls um.

„Ich dachte kurz, ich hätte da was ...", stoppte Tinka, als ein kleiner Windhauch einige Zweige und Blätter bewegte und den Blick auf einen kleinen schwarzen Kater freigab.

Mit Entsetzen stellt Nine fest, dass es sich um Ralle handelte. Er hatte sie beschattet und ihr Gespräch belauscht!

Der Kater grinste gehässig und verschmitzt: „Hallo Streuselkuchen!", und rannte in höchstem Tempo nach hinten durch die Büsche auf den Gehweg davon.

„Verdammt! Jetzt hat er alles gehört ... Ich hätte es wissen müssen!

Er hatte gestern Abend zu mir aufgeblickt, als ich unvorsichtig auf dem Schuppendach der Versammlung zusah. Jetzt haben wir wohl die Gewissheit, dass er mich erkannt hat. Wieso sonst sollte er mir am Morgen danach hierher folgen?"

„Aber Nine, wenn die *Wildkatzen* dahinterstecken – Gitti hat übrigens auch gleich angedeutet, dass sich die Tat verdammt nach ihnen anhört – und du die Zeugin bist, welche die ganze Sache auffliegen lassen könnte, dann ... dann bist Du vielleicht in großer Gefahr! Katze, wo hast du dich da nur reinziehen lassen ... Da siehst du nun, wohin deine Neugier dich geführt hat!" Tinka klang zwar anklagend und besserwisserisch, doch machte sie sich in Wirklichkeit nur Sorgen und schleckte Nine wieder über die Wange.

„Vergiss nicht, Tinka, dass *du* nun auch Bescheid weißt! Ralle hat uns beide gesehen ..."

Tinka blickte sich schreckhaft um: „Katze, ... du hast ja recht!" Tinka realisierte zu ihrem Schrecken, dass auch sie jetzt zu den Mitwissern gehörte, und blickte sich gleich um, um gegebenenfalls Schutz zu suchen.

„Hör zu, hier draußen können wir nicht bleiben! Wir wissen nicht, was die jetzt vorhaben. Wir müssen reingehen in die Wohnungen und dort erst einmal bleiben bis sich die Wogen geglättet haben! Da sind wir sicher, da können sie uns nichts anhaben, Nine. Du willst doch keinen Ärger mit denen anfangen, oder? Denk doch an den Hühnerstall ... Wer so etwas durchzieht, macht auch vor einer kleinen Katze nicht halt ..."

„Schon gut, Tinka, hör' jetzt auf!" Auch Nine sah sich jetzt ganz besorgt um. „ ... ist vielleicht wirklich das Beste ... Du hast sicher Recht, gehen wir lieber rein!"

Tinka war in wenigen Sekunden in ihrer Küche verschwunden. Nine ging langsam in Richtung der Katzenklappe, obwohl ihr das alles ein bisschen zu schnell ging. Eigentlich wollte sie noch gar nicht rein. Die Freiheit, die sie durch ihre Freigänge gerade erst bekommen hatte, war ihr sehr teuer geworden. Sie liebte die Gegend um ihre Wohnung herum – *ihre* Gegend – und jede Tendenz, dies wieder einzubüßen, war ihr zuwider. Und das wegen diesem dummen, fiesen kleinen Kater! Eher mürrisch-traurig als ängstlich kroch sie durch die Klappe und stieg hoch in ihre Wohnung.

Natürlich fühlte sie sich sicherer, als die kleine Schwingtür der Katzenklappe zur Wohnung hinter ihr zuschlug, aber es fühlte sich auch an wie ein Rückzug mit gesenktem Kopf, wie nach einer verlorenen Schlacht.

Sie setzte sich im Arbeitszimmer auf die Fensterbank und überlegte, ob es nicht andere Lösungen geben könnte, wie sie aus dieser verzwickten Lage wieder herauskäme – auch um Tinkas willen. Schließlich hatte sie sie in die Sache mit hineingezogen und offenbar auch in Gefahr gebracht.

Sie grübelte darüber nach, wer ihnen vielleicht helfen könnte ... und das war's!

Sie könnte über ihren Schatten springen und Gitti alles erklären! Ja, das könnte funktionieren. Gitti würde bestimmt nicht wollen, dass Tinka und ihr etwas zustieße ... Sie wäre vielleicht etwas schockiert über die allzu vorlauten und wagemutigen Kätzchen, aber die Sache würde sie bestimmt verstehen und ihnen helfen. Genau! Dann könnte sie Gitti bitten, dem Sicherheitskater alles zu erzählen, und sie wären aus dem Schneider ... Zwar noch immer Zeugen, aber dann würde ja jeder ihre Aussage kennen und sie wären nicht mehr in Gefahr.

Jetzt fühlte sie sich besser. Auf diese Art würde auch noch dem armen Smutje geholfen. Insofern war es am Ende sogar eine gute Tat, dass Nine sich nochmal zum Katzenparlament geschlichen hatte ...

Besser sie würde sich *gleich* an Gitti wenden, solange die Luft noch rein war. So lange war Ralle ja noch nicht fort.

Sie schaute über den Rasen und den Gartenteich bis zur Häuserflucht gegenüber (die Terrassen waren zwar allesamt mannshoch von den Hecken und Büschen eingefasst, doch von Nines Posten im zweiten Stock konnte man gewissermaßen von oben in die Hintergärten schauen). Also schnell noch mal los, auch bevor Frauchen nach Hause kommt!

Doch was ist da? Auf Tinkas Veranda saß ein ziemlich kräftiger schwarz-weiß gefleckter Kater mit groben Zügen

Nine wird belagert

und einem runden Kopf. Der gehörte hier nicht her! Keiner aus dieser Nachbarschaft, soviel war sofort klar.

Jetzt bekam unser Kätzchen tatsächlich Angst. Die Angst, die Tinka schon unten erfasst hatte – es war einer der beiden Zwillinge, die sie schon zweimal auf der

Versammlung gesehen hatte. Nicht nur, dass er dasaß, es schien auch so, als würde er geradewegs zu ihr hoch ins Fenster schauen! Sie duckte sich instinktiv.

Es dämmerte ihr sofort, dass er wegen ihr dort saß ... Verdammt, das ging schnell!

Und als wäre es nicht Indiz genug, sah sie auf der linken Seite ihres Ausblicks den anderen Zwilling sitzen. An der Ecke zum Brachland hatte er sich halb hinter einem Zaun zu verstecken versucht. Sie waren gekommen, um ihr aufzulauern!

Jetzt hatte sie jedenfalls die Gewissheit, dass die *Wildkatzen* das Risiko nicht so einfach eingehen wollten, dass ihnen ein kleines Kätzchen die Gerichtsverhandlung durchkreuzt, sie vor der ganzen Gemeinde entlarvt und bloßstellt.

Aber wie sollte sie jetzt Gitti Bescheid geben? Keine Chance bei zwei großen Katern, die nur auf sie und Tinka angesetzt waren. Ralle hatte ihnen mit Sicherheit die Wohnungen gezeigt ... Es würde Nine nicht wundern, wenn er nicht auch noch irgendwo im Hintergrund hockte.

Vielleicht würden sie nicht so geduldig sein und nach einiger Zeit verschwinden ... Es würde sich einfach erledigen ... Ein frommer Wunsch. Nine war – nach allem, was sie bislang über die *Wildkatzen* erfahren hatte - nicht so naiv zu glauben, dass sich an dieser Belagerung bis zur Verhandlung irgendetwas änderte.

Ihr schwante, dass dieser Kelch nur für sie war und nicht so einfach an ihr vorübergehen würde.

Kapitel 11: Die Verhandlung

Nine verbrachte die nächsten 24 Stunden in nervöser Unruhe. Sie konnte sich nie wirklich ausruhen, da sie ständig über ihre verzwickte Situation nachgrübelte.

Was sollte sie tun?

Frauchen fiel es am nächsten Tag auch schon auf: Nine wollte einfach nicht rausgehen. Dabei war das Wetter ganz passabel. Stattdessen streifte sie durch die Wohnung und legte sich hier und da rastlos nieder, um gleich wieder aufzustehen und einen neuen Platz zu suchen. Dazwischen hüpfte sie hin und wieder hektisch auf die Fensterbank im Arbeitszimmer, um prüfend aus dem Fenster zu sehen.

Manchmal dachte sie, die Zwillinge wären abgezogen. Sie konnte weit und breit niemanden erkennen. Doch gerade, als sie begann, sich etwas zu entspannen, erkannte sie irgendwo dann doch, meist halb verborgen, einen von ihnen oder gar beide.

Auch in der Nacht sah sie immer mindestens einen; zwar dösend in der Sphinx-Haltung, doch es deswegen darauf ankommen lassen, wollte sie es dann doch nicht. Jedenfalls war sie hier drinnen vor ihnen sicher ... und außerdem hatte sie mit dem Komplott der *Wildkatzen* doch gar nichts zu tun! Was konnte sie schon ausrichten gegen eine Gruppe ausgewachsener Kater?

Sie hätte gar nicht dort sein dürfen, mitten in der Nacht! Tinka hatte Recht, viel zu gefährlich! Sollten die anderen Katzen im Parlament der Sache zu ihrem Recht verhelfen ... Es war schließlich *deren* Aufgabe – sie waren größer und hatten die nötige Erfahrung!

Gegen 22 Uhr schwand ihr Mut dann gänzlich. Sie sah einen der dicken gefleckten Kater direkt unten am Teich sitzen und resignierte.

„Wahrscheinlich ist es besser, ich lege mich einfach schlafen und hoffe, dass alles gut werden wird", dachte

Nine bei sich und trottete langsam nach oben auf die Galerie. Sie vergewisserte sich ihres schlafenden Frauchens und bezog Position auf dem Rattansessel.

Traurig legte sie den Kopf auf die Pfoten, die Uhr auf dem Nachttisch fest im Blick. Hoffentlich würde sie schnell einschlafen können ...

Der Dorfplatz war an diesem Abend schon eine halbe Stunde vor null Uhr mit Katzen übersät. Mehr als 50 der eigenwilligen Vierbeiner gruppierten sich bis Mitternacht im Halbkreis um den Baum.

Die Geschichte wollte sich keiner entgehen lassen! Eine Verhandlung hatte es schon etliche Monde nicht mehr gegeben.

Es zeichneten sich nicht nur zwei Ränge ab, wie sonst bei den Versammlungen, sondern drei. Direkt unter dem Baum saßen die fünf Räte und unten, im Rücken der Recyclingcontainer, wie gehabt, das gemeinere Katzenvolk. Dazwischen, quasi im Zentrum des heutigen Geschehens, hockten drei Katzen, auf halbem Weg den leicht ansteigenden kleinen Hang hinauf, praktisch zu Pfoten der Gemeinderäte: das war die Anklagebank!

Fauch saß mit seinem schneeweißen Fell in der Mitte. Rechts neben ihm hatte sein Rechtsbeistand Platz genommen – ein Kater, den jedoch hier in der Gemeinde kaum einer kannte. Sein Name war Elliott. Er war grau getigert, schon reichlich betagt und kam aus Elsters, einem der Nachbarorte.

Das Katzenrecht von Oberbach sah vor, dass ein solcher Fürsprecher von der angeklagten Partei selbst bestimmt werden konnte. Jeder fragte sich, wie Fauch ausgerechnet auf diesen Elliott kam. Normalerweise wählte man eine Katze aus dem Ort, die sich mit dem geltenden Recht und der Tradition wenigstens leidlich auskannte oder eine allgemein anerkannte Persönlichkeit war, deren Wort also etwas galt.

Roosevelt, Charlotte und einige der älteren Katzen kannten diesen Kollegen aus vergangenen Jahren: Er war schon immer ein windiger Bursche gewesen, dazu durchaus listig und gerissen in seiner Bauernschläue.

Der Vorsitzende ging, als er ihn sah, jede Wette ein, dass Kralle persönlich diese Verteidigung für Fauch organisiert hatte.

Smutje und Fauch unter Anklage

Der Chef der *Wildkatzen* saß, wie bei den regulären Sitzungen auch, ganz unauffällig am rechten Rand des Spektrums. Schräg hinter ihm Attila, einer der Zwillinge, der seinen Boss um eine Ohrlänge überragte. Von seinem Sohn Ralle war indes nichts zu sehen.

Der dritte im Bunde auf der Anklagebank war Smutje. Er saß dort mit seinem zerzausten und fettigen schwarzen Fell als wüsste er gar nicht, worum es ging.

Sandokan und seine Helfer hatten ihn noch am Vorabend in irgendeinem Gartenhäuschen aufgestöbert und unter Arrest gestellt. Seitdem beteuerte er seine Unschuld in dieser angeblichen Hühnerstallsache.

Dieser weiße Kater neben ihm behauptete doch glatt, er habe einen kompletten Hühnerstall überfallen – dabei hatte er so ein opulentes Mahl seit Katzengedenken nicht mehr gehabt!

Er blickte zornig zu dem etwas größeren rotäugigen Kater neben sich auf. Dieser wiederum sah ihn nicht direkt an, sondern rümpfte nur die feine Nase in seiner Richtung ob des herberen Geruchs, den er offenbar verströmte.

Auch wenn viele der Katzen in der Runde ihn mit vorwurfsvollen Blicken bedachten, so trug er doch den Kopf hoch und harrte der Dinge, die da kommen mochten. Man hatte ihn nach seinem Verteidiger gefragt – er sagte nur, er hätte keinen und wolle auch keinen! Jemand, der so lange schon alleine lebte (und offensichtlich damit klar kam), könne sich auch allein verteidigen …

Richter bei derartigen Verhandlungen war in der Regel der Vorsitzende Kater, zurzeit also Roosevelt, wobei sein Urteil letztendlich stets ein mehrheitlicher Beschluss des Fünferrates war. Die Räte sind gewissermaßen gleichsam die Geschworenen eines solchen Prozesses. Sind drei Katzen von der Schuld oder Unschuld des oder der Angeklagten überzeugt, gilt das Urteil.

Die Anklage und damit die Interessen der Gemeinde werden im Verfahren durch den Rechtskater vertreten.

Justus war wie seine Vorgänger der Hüter der in zahllosen (Katzen-)Generationen zusammengetragenen und überlieferten Gebote und Verbote, der Sitten und Gebräuche oder der Rechte und Pflichten der Katzen in dieser Gemeinde.

Sandokan schließlich wachte dabei über die ganze Prozedur und war praktisch die ausführende Gewalt, die den Ablauf und den Frieden sicher stellte und gegebenenfalls die Anordnungen des Gerichtes dann auch vollstrecken konnte.

Er war jedoch an diesem Abend ungewöhnlich unruhig. Es schaute unentwegt umher, als würde er auf die Ankunft von jemandem warten.

Vor etwa einer Stunde hatte er Floh, einen seiner jungen Gehilfen, mit einem Auftrag für weitere Nachforschungen im Fall Hühnerstall noch einmal losgeschickt, und nun hoffte er nicht nur auf dessen Rückkehr, sondern auch auf Indizien, die ein bisschen mehr Licht auf die tatsächlichen Vorgänge an jenem Abend warfen (während der Verhandlung waren die meisten der relevanten Katzen auf dem Dorfplatz und man konnte an vielen Orten ungestört nach Spuren suchen – so seine Überlegung).

Seit der Aussage von Fauch zwei Tage zuvor hatte er praktisch ohne Pause im Ort ermittelt, hatte Katzen befragt, den Tatort beobachtet, Spuren gelesen, Theorien aufgestellt – bislang ohne zählbaren Erfolg. Er glaubte nicht an die Version von Fauch und traute trotz allem Smutje nicht zu, eine solche Tat begangen zu haben. Dennoch konnte er bislang der Geschichte keine Wendung geben. Das wurmte ihn!

Mittlerweile war es Mitternacht. Jeder spürte, dass die Verhandlung nun gleich beginnen würde. Das Gemurmel flachte ab.

Alle schauten auf den Vorsitzenden, der traditionell das Verfahren eröffnete:

„Liebe Mitkatzen! Leider hat es, wie ihr wohl alle wisst, vor zwei Tagen einen schändlichen und unerhörten Überfall auf den Hühnerstall von Bauer Jensen gegeben! Wir sind heute hier zusammengekommen, um in unserem Hauptverfahren die Umstände dieser folgenschweren Verfehlung zu untersuchen. Justus hier wird gleich die Anklage verlesen und uns ausdrücklich noch einmal die möglichen Folgen solcher Übergriffe vor Augen halten.

Ich möchte jedoch an dieser Stelle auch das Meucheln der Mäusedelegation am Vorabend unserer letzten Sitzung nicht unerwähnt lassen.

Die neu gewählten Vertreter der Feld- und Spitzmäuse ließen uns über Mittelsmäuse wissen, dass sie an Verhandlungen dieser Art nicht länger interessiert sind!

Wir erhoffen uns im Zuge unseres Verfahrens heute auch Hinweise zur Aufklärung dieses Vergehens. Es handelt sich hier nicht um ein Kavaliersdelikt, das sei allen gesagt! Vielmehr um einen außenpolitisches Fiasko! Und wir werden dem nachgehen, soviel kann ich versprechen …!"

Damit beendete Roosevelt seine Einleitung und übergab das Wort mit einer Geste an Justus, den schwarzen Kater für Rechtsfragen mit den weißen Pfoten.

„Vielen Dank, Vorsitzender!

Ich hoffe, es ist uns allen bewusst, dass die Errungenschaften unserer Väter und Vorväter" – Charlotte schaute ihn an dieser Stelle regelmäßig scharf an, weil er immer die Mütter vergaß – „denen wir unseren Verhaltenskodex verdanken, die wir nach ihrem Beschluss hegen und pflegen, einen großen Wert und eine große Verpflichtung für unsere Gemeinde darstellen!

Ich möchte nicht an die Zeiten erinnern müssen, als alle Katzen einfach vor sich hin lebten und bei allen möglichen Gefahren ganz auf sich allein gestellt waren – auch die jüngeren von uns!"

Das Rund wurde ganz andächtig, als er ihnen mahnend ins Gewissen redete.

„Allen voran würdigen und gedenken wir den Leistungen unseres großen Katers und Vordenkers Mauze-Tung, der die Katzen des Ortes vor hunderten von Monden in diesem Parlament vereinigte und ohne dessen Pionierleistung wir hier nicht unser heutiges Gemeinderecht hätten."

Man spürte bei Justus die Verehrung für diesen ehrwürdigen Kater und dass er sich gleichsam in der Tradition dieser Gründerkater sah.

„Einer der vorrangigen Grundsätze dieses Rechtes ist es, nicht vorsätzlich das Eigentum von Menschen zu schädigen – dazu gehört auch das Verspeisen!

Es gibt zahlreiche Beispiele aus der Geschichte unserer Art, die eindeutig zeigen, dass längst nicht alle Menschen uns Katzen wohlwollend und liebevoll gegenüberstehen. Es gilt darum, diesen Menschen keine Gründe und Argumente zu liefern, die uns oder unseren Artgenossen dann zum Nachteil gereichen!

Ein solcher Fall ist hier in aller Deutlichkeit gegeben!

Wir können nur hoffen, dass Bauer Jensen keine ernsthaften Maßnahmen ergreift ... Wie ihr wisst, ist er selbst auch als Jäger tätig, ganz zu schweigen von seinen Kumpanen.

Ich möchte noch hinzufügen, dass solche Verstöße gegenüber den Menschen auch den Hunden natürlich in die Karten spielen. Dreimal dürft ihr raten, wer bei Bauer Jensen jetzt wieder hoch im Kurs stehen wird!

Es handelt sich also um ein sehr ernsthaftes Vergehen, das die Sicherheit unserer Gemeinde aufs Spiel setzt. Eine solche Tat wird, mutwillig und mit Vorsatz ausgeführt (und der Überfall auf den Hühnerstall erweckte nicht den Eindruck von Fahrlässigkeit), mit dem Ausschluss aus unserer Gemeinde bestraft!"

Ein Raunen im Publikum. Die Verbannung war die höchste Strafe, die dieses Gericht verhängen konnte. Immerhin wurde man für immer aus seiner vertrauten Umgebung gerissen.

„Aus diesen Gründen werden die hier anwesenden Smutje und Fauch, beide der Tat verdächtig, angeklagt, mutwillig die Behausung der Hühner überfallen und somit gegen den Grundsatz der Katzenordnung in Bezug auf das Eigentum von Menschen verstoßen zu haben."

„Ich habe gar nichts überfallen!", krächzte Smutje sofort.

Seine Stimme war nicht gerade dazu angetan, die allgemeine Stimmung gegen ihn positiv zu beeinflussen. Die meisten der anwesenden Katzen nahmen die Köpfe etwas zurück bei seinem Anblick oder steckten sie lästernd zusammen, um ihrem Misstrauen Luft zu machen.

„Das werden wir dann ja feststellen!", entgegnete Justus nach kurzem Zögern.

„Kommen wir also zur Beweisaufnahme:

Samuel dort hat ausgesagt, dass er gegen 21:30 Uhr bei sich im Hause aus dem Fenster geschaut hat – das Fenster liegt gewissermaßen in Nachbarschaft zum Jensen-Hof und erlaubt einen Blick auf die Seitenfront des Hühnerstalls und das ihn umgebende Garten- beziehungsweise Rasenstück."

Samuel saß im Publikum und nickte eifrig mit dem Kopf zu den Ausführungen des Anklägers. Das Publikum lauschte gebannt dessen Ausführungen.

„Obwohl es in dieser Nacht vor zwei Tagen – immerhin die Neumondnacht – recht dunkel war, glaubt er eine Gruppe Katzen im Garten bemerkt zu haben, die zügig den Bauernhof Richtung Hecke und Straße verließen, praktisch weg vom Hühnerstall.

Er hat dabei die Identität der Katzen nicht ausmachen können, nur dass eine der Katzen völlig weiß war und daher deutlicher zu erkennen.

Nachdem der Verdacht auf ihn gefallen war, hatte Fauch dann in unserer Sitzung vorgestern auch zugegeben, in der Nähe des Tatorts gewesen zu sein – allein. Jedoch, so seine Aussage, nicht weil er am Überfall auf den Hühnerstall beteiligt gewesen sei, sondern weil er dort mehr oder weniger per Zufall vorbeikam und dabei Smutje gesehen habe, wie er blutüberströmt und außer sich vor Rage aus dem Hühnerstall kam und gleich anschließend floh."

Smutje, dem die Sache jetzt etwas klarer schien, schoss wieder dazwischen: „Das ist doch einfach gelogen! Ich weiß nicht, warum er so etwas behauptet – ich bin nicht am Hühnerstall gewesen!" Wieder Gemurmel.

„Ruhe bitte! Smutje hier bestreitet, in dieser Nacht am Hühnerstall gewesen zu sein und die Tat begangen zu haben. Ein entlastendes Alibi konnte er jedoch nicht benennen.

Habe ich damit den Sachverhalt und den Inhalt Ihrer Aussagen korrekt wiedergegeben?", Justus deutete fragend in Richtung der Angeklagten, „Und bleiben die Anwesenden bei ihren getätigten Aussagen?"

Elliott hatte schon ungeduldig auf seinen Einsatz gewartet, wollte aber nicht unaufgefordert hineinplatzen, um niemanden gegen sich aufzubringen:

„Es ist schon fellsträubend, dass mein Schützling Fauch hier überhaupt als Angeklagter geladen ist und nicht als Zeuge, wie es angemessen wäre!

Schließlich hat er das Vergehen dieses asozialen Katers dort", er wies mit der erhobenen Pfote zwei Plätze weiter auf Smutje, „sofort dem Gericht angezeigt – und damit doch wohl vorbildlich gehandelt!"

Er strahlte wahrlich Selbstsicherheit aus!

„Na ja ..., sofort?", dachte Sandokan bei sich.

„Nun ja, Kater Elliott, er ist hier angeklagt, weil er zur vermuteten Tatzeit am Tatort gesehen worden ist – und uns diesen Umstand auch bestätigt hat", entgegnete Justus.

Zustimmendes Nicken und vereinzeltes Schnurren auf dem Platz.

„Gut, dass Sie das ansprechen, lieber Justus –" Der Kater für Rechtsfragen fühlte sich sichtlich unwohl, von einem Fremden in der Öffentlichkeit so genannt zu werden. „Bevor ich zu meinen Zeugen der Verteidigung komme, hätte ich da noch eine paar Fragen an den guten Samuel da drüben, auf dessen Aussage ja offensichtlich Ihre gesamte Anklage beruht ..."

„Bitte schön, die Aussagen der Zeugen stehen zur Disputation." Justus wahrte wie immer die Form.

Samuel schien etwas nervös, da sich nun die Blicke von über hundert Katzenaugen auf ihn richteten. Er schluckte und schleckte sich vor Aufregung ein-, zweimal über die Beine. Man könnte denken, er würde gerade jetzt anfangen, sich zu putzen!

„Samuel!" Der erfahrene Verteidiger aus Elsters spürte seine Nervosität und fuhr ihn an: „Sie sagen also, Sie hätten vorgestern Nacht gleich mehrere Katzen im Nachbargarten gesehen. Wer waren denn diese Katzen? Und wie viele waren es?"

„Einspruch! Ich habe bereits wiedergegeben, dass der Zeuge in seiner Aussage die Identität der Katzen nicht angeben konnte. Es handelt sich um eine Beweisführung nach Indizien!", stellte Justus noch einmal klar.

Beide blickten auf Roosevelt. „Fahren Sie bitte fort, Kater Elliott!"

„Danke, Vorsitzender!"

Er richtete seinen eindringlichen Blick wieder auf Samuel. Die Ansprache mit *Sie* schüchterte den jungen Kater zusätzlich ein – in der Gemeinde waren die Katzen im Allgemeinen beim *Du*, mit Ausnahme vielleicht gegenüber einigen altehrwürdigen Katzen oder eben in formellen Dingen.

„Wenn Sie also nicht erkennen konnten, wer die Katzen waren, also gar keine Details nennen können, wie können Sie dann überhaupt sagen, dass es sich bei dem, was Sie da gesehen haben wollen, überhaupt um Katzen gehandelt hat?"

„Ich ... ich habe eine weiße Katze gesehen!", stammelte Samuel.

„Katze oder Kater? Wie groß war die Katze denn? Vielleicht doch eher ein weißer Iltis? Oder ein Fuchs? ... Also, wie groß war denn das Tier nun? ... Samuel?!"

Samuel duckte sich etwas: „So ... so groß wie eine Katze ... etwa."

„Aha, ... wie konnten Sie das denn erkennen? Wir haben hier doch gerade besprochen, dass Sie keine Details erkennen konnten! Woher wissen Sie also, dass mein Mandant hier zu der von Ihnen beschriebenen Gruppe gehörte?"

Samuel hielt dem Druck nicht stand:

„Ich ... ich weiß es nicht", brachte er nur kleinlaut heraus.

„Da habt Ihr's, meine Katzen! Hohes Gericht, ich beantrage, diese Aussage in Bezug auf meinen Mandanten komplett außer Acht zu lassen. Samuel hat – oder hat auch nicht – *irgendwas* gesehen. Vielmehr: Er *meint* irgendwas gesehen zu haben. Ein Zusammenhang mit dem tatsächlichen Überfall auf den Hühnerstall ist nicht erkennbar. Eine Beteiligung meines Mandanten schon gar nicht!"

Für einen Moment herrschte angespannte Ruhe in der Runde. Die Protagonisten in dem Verfahren, allen voran der Ankläger Justus, waren sichtlich beeindruckt. Sie hatten den alten Kauz zwar ernst genommen, aber offenbar dennoch unterschätzt.

Der Rechtskater wusste nicht wirklich etwas zu erwidern und sah entwaffnet zu Roosevelt herüber.

Auch Sandokan blickte trübe aus der Wäsche. Er hatte ja schon geahnt, dass die Sache aus dem Ruder laufen könnte, doch dass ihnen ihr einziger Zeuge so um die Ohren fliegen würde, hatte er nicht erwartet!

Sein Schuldgefühl verstärkte sich noch, am liebsten hätte er die Versammlung verlassen und sich irgendwo verkrochen. Es war ihm nicht gelungen, mehr Zeugen und Beweise zu liefern!

Kralle tauschte einen kurzen Blick mit Attila aus, als wollte er ihm sagen „So wird das gemacht!"

Der Vorsitzende Richter ergriff schließlich wieder das Wort, um die peinliche Stille aufzulösen:

„Nun, das Gericht stimmt den Ausführungen des Verteidigers bis hierhin zu.

Eine Beteiligung des Angeklagten Fauch kann aus der Aussage von Samuel nicht stichhaltig genug abgeleitet werden. ... Vielen Dank dennoch, Samuel, für deine Aussage." Er spürte, dass er den am Boden zerstörten jungen Kater wieder etwas aufrichten musste.

„Vorsitzender, wenn das Gericht nichts dagegen hat, möchte ich gerne mit meiner Verteidigung fortfahren?" Elliott hatte das Eisen jetzt im Feuer und wollte es schmieden, solange es noch heiß war.

„Kommen wir nun also zur Aussage meines Schützlings. Obwohl hier nichts gegen ihn vorliegt, hat er seine Hilfe bei der Aufklärung des Verbrechens sofort angeboten. *Ja*, er war in der Nähe des Tatorts, aber nicht in einer Gruppe und auch nicht auf der Flucht vom Tatort, sondern per Zufall und demnach als Zeuge.

Um endgültig die Zweifel an der Unschuld meines Mandanten zu zerstreuen, möchte ich euch, werte Mitkatzen, noch eine andere Frage stellen: Wie lange denkt ihr hat der eigentliche Überfall auf den Stall tatsächlich gedauert? Nach den Beschreibungen von Samuel gab es im Stall eine ganz schöne Sauerei ... Was meint ihr?"

Sofort gab es hier und da lebhafte Diskussionen. Die Katzen diskutierten, wie lange sie (vielleicht mit ein paar

Freunden) brauchen würden, sich nach Herzenslust unter den Hühnern auszutoben und sich richtig satt zu fressen.

„Sagen wir 30 Minuten? Oder mehr? Mindestens aber doch 20 Minuten … richtig?"

Die Katzen in der Runde nickten. Die meisten würden sich eher mehr Zeit nehmen bei einer solchen Gelegenheit … Aber worauf wollte der alte Zausel hinaus?

„Also müssen der oder die Täter gegen 21 Uhr oder gar schon früher im Hühnerstall gewesen sein! … richtig? Wir haben keine Anzeichen, dass der Überfall noch später erfolgt ist, da unser aufmerksamer Zeuge Samuel das auf seiner Fensterbank sicher bemerkt hätte. Wir erinnern uns, dass das nächste, was Samuel dann etwas später mitbekommen hatte, schon der erzürnte Bauer in seinem derangierten Hühnerstall gewesen war … richtig?"

Für die anwesende Gemeinde klang die Argumentation des Verteidigers ganz plausibel, seine solidarische Verwendung des Pronomens *wir* tat das Übrige. Hier und da war sogar ein Schnurren zu vernehmen.

Ich rufe zu dieser Frage Attila als Zeuge der Verteidigung auf!", er deutete auf den großen schwarz-weiß gefleckten Kater hinter Kralle.

Schon wieder Aufruhr im Publikum. Heute wurde den Anwesenden wirklich etwas geboten! Alle schauten erwartungsvoll auf Kralles Gehilfen. Aber Elliott übernahm offensichtlich die Wortführung:

„Attila, verrate uns doch bitte, wo du vorgestern so gegen 21 Uhr gewesen bist!"

„Ich war Mäuse jagen, unten an den Bachauen … von acht Uhr bis 21:30 Uhr, *Boss*."

Kralle, der sich bislang fast unbeteiligt und sehr zufrieden gegeben hatte, fuhr mit dem Kopf herum und sah ihn böse an.

Er war aber auch zu dämlich, dieser Attila!

Elliott einfach *Boss* zu nennen war nicht abgesprochen ... auch wenn er tun sollte, was Elliott von ihm wollte. Die Katzen in der Runde fanden diese Kleinigkeit schon seltsam. Besonders die fünf Räte des Gerichts hörten jetzt ganz genau zu.

„Ähem, Attila, es besteht wirklich keine Veranlassung mich *Boss* zu nennen – auch wenn ich weiß, dass du hier vor Gericht gerne alles richtig machen möchtest", rückte Elliott die Aussage Attilas gekonnt in ein anderes Licht.

Um diesen Fauxpas schnell zu übertünchen, fuhr er einfach mit seiner Zeugenbefragung fort:

„Warst du beim Jagen dort alleine oder war noch jemand bei dir?"

„Ich habe zusammen mit Fauch gejagt, ... das machen wir öfter."

„Du sagst, du warst mit dem Angeklagten um diese Zeit jagen ... War er die ganze Zeit, also von acht bis halb zehn, mit dir zusammen?"

„Ja, ich war mit Fauch jagen ... die ganze Zeit!"

Elliott blickte in die Runde, als würde er sich versichern wollen, dass die Botschaft seines Zeugen bei allen angekommen war. Das Gerede und die allgemeine Überraschung verrieten ihm, dass das wohl der Fall war.

Sandokan konnte es nicht fassen! Die gaben sich doch dreisterweise gegenseitig ein Alibi ... und er konnte nichts tun!

„Erlaube mir eine letzte Frage Attila ... Was hat der Angeklagte dann um 21:30 Uhr gemacht?"

„Wir haben uns getrennt. Er sagte, er wollte nach Hause gehen."

„Und dieser Weg nach Hause – ihr alle wisst, wo Fauch wohnt – führte ihn zwangsläufig an dem Jensen-Hof vorbei, wo er beobachtete, wie der wahnsinnige Smutje verrichteter Dinge den Hühnerstall verließ ...

Vielen Dank, Attila, ich habe keine Fragen mehr."

„Justus, gibt es Fragen an den Zeugen der Verteidigung?", wollte Roosevelt wissen.

„Ähm, ... ja, einen Moment. Attila, dir ist schon klar, dass man hier vor dem Gericht die Wahrheit sagen muss? Mich verwundert deine späte Aussage etwas. Wieso hast du uns nicht schon vorher zu Protokoll gegeben, dass du angeblich mit Fauch zusammen warst?"

„Sie haben mich nicht gefragt!", kam seine schnoddrige Antwort. Kralle und Elliott atmeten auf.

Justus wusste nicht wirklich, was er ihn noch fragen könnte. Er hatte im Augenblick nichts mehr in der Hinterpfote.

Roosevelt war vom Fortgang der Verhandlung persönlich nicht erbaut, doch nahm er seine Funktion als Richter natürlich neutral und möglichst objektiv wahr. Nach einer kurzen Pause zwecks des Austausches mit seinen Ratskollegen setzte er das Verfahren fort:

„Also auf Basis der hier dargestellten Sachlage lassen wir Fauch als Zeugen der Anklage zu. Fauch, bitte schildere hier noch einmal kurz deine Beobachtungen auf dem Heimweg."

„Das werde ich gerne tun, Vorsitzender!", seine roten Augen funkelten.

„Ich kam also vom Jagen mit Attila und wollte nach Hause. Ich ging die kleine Straße entlang, die am Jensen-Hof vorbei führt, herunter zur Dorfstraße. Ich hörte ein wildes Krakeelen von den Hühnern aus dem Stall, also schaute ich durch den Zaun ... da sah ich *diesen* Kater *da* aus dem Stall kommen ... Er hat mir richtig Angst gemacht mit dem ganzen Blut am Kopf, den panischen Augen und dem Küken im Maul! Ich wollte ihn noch verfolgen, aber er war dann zu schnell verschwunden."

Kralle schmunzelte in sich hinein, um Fauch musste er sich keine Sorgen machen.

Sandokan meldete sich zu Wort: „Fauch, du wolltest also nach Hause ... Warum hast du uns nicht sofort über deine Beobachtung informiert? Du wusstest demnach schon lange vor Sam, dass die Hühner gerissen worden waren. Die Beweise wären noch frisch gewesen."

„Da hast du natürlich Recht, Sando. Wie ich schon sagte, hatte ich vor, wenig später zur Sitzung des Gemeinderats zu gehen und dich davon zu unterrichten. Auf dem Weg zum Dorfplatz bemerkte ich aber, wie bereits gesagt, die Gruppe fremder Kater auf der Wiese vor dem Wäldchen Richtung Auwald. Nach einigen Kämpfen ist es mir gelungen, sie zu verjagen."

„Wir haben in Auwald einige Katzen dazu befragt und sie um Hilfe in diesem Fall gebeten – niemand hat etwas von einem solchen Zusammentreffen mit dir erzählt! Keiner hat deine Geschichte bestätigt!"

„Ist das ein Wunder? Würdet ihr es zugeben, wenn ihr auf Auwalder Jagdgrund wildern würdet?"

Das leuchtete wiederum jedem ein. Es war zum Verzweifeln! Es war ihnen einfach nicht beizukommen. Sandokan sah Justus an und schüttelte kaum merklich seinen zotteligen großen Main Coon-Kopf.

Justus hatte keine andere Wahl, als sich nun dem anderen Verdächtigen zuzuwenden:

„Also gut, Smutje, es liegen schwere Anschuldigungen gegen dich vor. Was hast du zu deiner Verteidigung zu sagen? Wenn du es nicht warst, wo bist du zur Tatzeit gewesen?"

„Das geht euch gar nichts an! Ihr habt euch sonst auch nicht um mich geschert, warum also jetzt?"

„Ich befürchte, du verstehst es nicht, Smutje: Wenn das Gericht zu dem Schluss kommt, dass *du* den Stall überfallen hast, musst du unser Dorf verlassen!"

Roosevelt und die anderen Räte sahen Justus etwas verdutzt an – er war hier eigentlich als Ankläger vorgesehen und nicht als Verteidiger.

„Ich habe die Hühner nicht angegriffen! Das habe ich euch doch schon tausendmal gesagt!"

„Wenn du es nicht getan hast, wo warst du dann während der Tatzeit?"

Dieser Knochen, den Justus ihm hinwarf, hörte sich zwar an wie ein Verhör, sollte ihn aber ein letztes Mal ermutigen, etwas zu seiner Entlastung zu sagen.

„Was weiß denn ich! ... Ich bin umhergestreift und habe nach etwas zu essen gesucht, wie immer ... Ich hatte Hunger, versteht ihr denn nicht?"

Alle erschraken ein wenig, als er es geradezu vorwurfsvoll in die Runde schleuderte.

„Seht ihr! Und dieser wilde und ungezügelte Hunger ist es, liebe Mitkatzen, der einen alles vergessen lässt und der auch den armen Hühnern zum Verhängnis wurde!"

Elliott war auf dem Höhepunkt, dabei verstärkte er nur das, was viele im Publikum ohnehin schon immer gewusst hatten ...

Alle redeten nun durcheinander und diskutierten mit den Nebenkatzen ihre Meinung – hier und da war bereits ein *Raus mit ihm!* oder *Weg mit Ihm!* zu hören.

„Ruhe bitte! Ich ermahne alle Katzen, den Frieden dieses Gerichtes zu wahren!" Dass wieder Ruhe einkehrte, war wohl weniger den Worten von Roosevelt zu verdanken, der zur Ordnung rief, als vielmehr der gespannten Erwartungshaltung aller, wie die Sache nun zum Abschluss gebracht werden würde.

Der Richter versuchte eine letzte Initiative:

„Ich muss noch einmal darauf verweisen, dass wir ein solches Verbrechen in unserer Gemeinde nicht tolerieren dürfen! Sandokan, gab es oder gibt es irgendwelche Anzeichen oder Hinweise, die darauf hindeuten, dass irgendjemand oder irgendetwas anderes den Jensen-Stall überfallen haben könnte?"

Sandokan hatte sich vor dieser Frage am meisten gefürchtet. Sie bündelte praktisch sein flaues Gefühl und seine Ohnmacht, die er den ganzen Abend schon hatte, forderte seinen Offenbarungseid.

„Nein, Katzenmeister, … wir haben keine Anhaltspunkte außer den hier dargestellten ….", die Niedergeschlagenheit war ihm deutlich anzumerken.

Dies war für Kralle der schönste Moment des Abends … Er hatte sie besiegt und seinen speziellen Freund Sandokan vor der Gemeinde lächerlich gemacht.

„Nun denn", fuhr Roosevelt fort, „ich danke allen für ihre Beiträge und ihr großes Interesse an dieser Verhandlung.

Es ist schon ein Uhr –" Alle blickten auf zur würfelförmigen Uhr an der Bushaltestelle. „und das Gericht wird sich nun zur Beratung zurückziehen. Nach der Pause werden wir das Urteil in dieser Sache verkünden. Vielen Dank!"

Nun durften die Katzen sich endlich wieder mitteilen. Während die fünf Räte sich hinter den Baum zurückzogen, bildeten die Katzen unten kleine und größere Grüppchen.

Kralle blinzelte zu Fauch herüber, dieser grinste verschmitzt.

Sandokan reckte den Kopf aus der Masse heraus und musterte die Begrenzung des Dorfplatzes: „Verdammt, jetzt kann uns nur noch ein Wunder helfen … Wo bleibt nur Floh?"

Nine hatte natürlich nicht schlafen können! Sie versuchte immer wieder, die Augen zu schließen, aber wie konnte man nur auch die Gedanken schließen? Ihr Gewissen plagte sie.

Mittlerweile war es halb eins. Frauchen hatte sich, im Gegensatz zu ihrem Kätzchen, in der letzten Stunde kaum bewegt.

Was sollte sie nur tun? … Was *konnte* sie nur tun?

Die Verhandlung war bereits in vollem Gange. Wenn sie noch eine Stunde länger hier liegen würde, hätte sie noch immer dieses miese Gefühl, aber sie würde keine Chance mehr haben, die Dinge zur rechten Zeit gerade zu rücken ...

Sicher gab es die Gefahr da draußen – und offensichtlich waren diese Kerle zu allem bereit ... aber sollte sie deshalb mit diesem Unrecht leben? Womöglich ihr ganzes Leben? Sie wurde wieder wütend darüber, dass diese Kater da draußen sie überhaupt in so eine Lage gebracht hatten. Beinahe hätte sie sich selbst verraten. Nein, ihr war nun auf einen Schlag klar, dass sie es versuchen musste – koste es, was es wolle! Für die Gerechtigkeit, für den armen Smutje und vor allem für sie selber!

Nine erhob sich langsam von ihrem Sessel und trabte federnd die Treppe hinunter. Kam sie noch rechtzeitig? Egal jetzt! Erst mal konzentrieren und überhaupt hinkommen!

Es fühlte sich augenblicklich gut an, wieder etwas tun zu können. Zu spüren, wie das Adrenalin durch ihre Muskeln schoss ... Es musste einfach richtig sein, sich für die Sache einzusetzen!

Sie bemühte sich, beim Verlassen der Wohnung nicht mit der Katzenklappe zu klappern, schlich durch das Treppenhaus und den Keller und durch die zweite Klappe nach draußen. Ganz behutsam schob sie ihren geschmeidigen Körper durch die Klappe. Nur nicht gleich Aufmerksamkeit erregen. Jetzt, während der Verhandlung, würden sie wahrscheinlich aufpassen wie die Schießhunde ...

Vielleicht hatten sie aufgegeben, weil es schon so spät war und sie nicht mehr erwarteten, dass Nine es jetzt noch wagen würde ... So machte sie sich etwas Mut.

Unser Kätzchen saß jetzt im Kellerschacht. Von außen sah man nur, wie ihre zitternden, spitzen Ohren über der Kante des Loches auftauchten. Die dunklen Wege und

Hecken erschienen vor ihr. Sie blickte sich um ... Niemand zu sehen! Konnte es sein, dass sie tatsächlich Glück hatte?

Ihr Plan war es, gleich rechts den Weg zwischen den Häuserblöcken zu nehmen. Diese Route war zwar insgesamt etwas weiter, sie musste so aber nicht quer über die freie Rasenfläche laufen, vorbei am Teich, wo sie praktisch von der ganzen Nachbarschaft aus gesehen werden konnte.

Sie war eigentlich zum Sprung bereit. Trotzdem zögerte sie weitere Sekunden. Sie hatte wirklich Angst vor dem nächsten Schritt!

Was soll's, keiner da ... also los jetzt! Sie sprang aus dem Schacht und war in einer Sekunde auf dem Gehweg. Schnell rechts runter!

Kaum war sie auf Tempo, hüpfte Ralle keine drei Meter vor ihr aus dem Gebüsch und versperrte ihr den Weg. Er hatte böse Augen, Rückenfell und Schwanz waren aufgestellt:

„Hallo Streuselkuchen! Wo geht's denn noch hin so spät?"

Nine erschrak furchtbar. Sie rutschte leicht beim Bremsen mit den Vorderpfoten. „Verdammt!"

Sie drehte sofort um und rannte in die entgegengesetzten Richtung auf die Straße zu.

„Da ist sie! Pass auf! Lass sie nicht entkommen!", jaulte Ralle ihr schrill hinterher.

Nine sah niemanden auf dem Rasen. Wenn sie es auf die Straße schaffte, könnte sie Ralle in ihrem Rücken vielleicht weglaufen und vor ihm auf dem Dorfplatz sein – das traute sie sich zu!

Doch es kam, wie es kommen musste: Aus der Strauchgruppe gegenüber dem Brachland sprang Etzel von rechts auf die kleine Parkstraße vor Nine – damit verstellte er ihr den Weg runter ins Dorf!

„Hast du dir wohl gedacht, kleines Kätzchen. Hättest besser drinnenbleiben sollen! Jetzt wirst du es bereuen ..."

Oh, nein! An dem großen Kater kam sie nie vorbei. Sie brauchte ein, zwei Sekunden um zu realisieren, dass ihr Plan fehlgeschlagen war.

Aber nicht nur das, jetzt ergriff sie die Furcht vor der schlichten Bosheit der Angreifer. Sie wollte zurück in die Wohnung, aber Ralle war ihr natürlich gefolgt und schnitt ihr auch noch den Rückweg ab.

Sie stellte verzweifelt die Nackenhaare auf, machte einen Flaschenbesen und stellte sich seitwärts, um größer zu erscheinen. Dabei wich sie zurück – Schritt für Schritt.

Ralle war mit ihrer Drohkulisse vielleicht noch kurz zu beeindrucken, aber ein kampferprobter Haudegen wie Etzel war eher amüsiert über ihre Anstalten.

„Es wird ja richtig Spaß machen, dir eine Lektion zu erteilen...", machte Etzel weiter. Ralle kam von rechts näher und fletschte dabei seine Eckzähne.

Nine hatte gar nicht bemerkt, dass sie sich rückwärts in die Ausfahrt des Eckgrundstückes am Brachland manövriert hatte. Rechts der Maschendrahtzaun, links die Hauswand des Nachbarhauses, stieß sie mit dem Hintern gegen das Garagentor. Ralle blieb jetzt etwas zurück. Er war in der engen Einfahrt nicht mehr von Nöten. Das schaffte Etzel alleine, außerdem wollte er sich nicht die Pfoten schmutzig machen. Das hatte er von seinem Vater gelernt.

„Ich werde dir jetzt die Augen auskratzen, du Zicke, damit du in Zukunft nicht immer so neugierig bist und dann Dinge siehst, die dich nichts angehen!

Er meinte es wirklich ernst!

Nine hatte furchtbare Angst, sie wusste keinen Ausweg mehr. Etzel stand einen Meter vor ihr und war bereit, sie anzugreifen ... Es hatte keinen Sinn zu kämpfen, sie ergab sich ihrem Schicksal, schloss die Augen, zog den Kopf ein und ballte die Pfoten.

Doch anstatt sich selber schreien zu hören, vernahm sie nur eine Sekunde später den jaulenden Aufschrei von Etzel! Was war hier los?

Ein großer gelber Kater war von hinten auf ihn gesprungen und hatte ihm einen mächtigen Schlag mit der Pfote versetzt. Der Hieb hatte den dicken Kater glatt von den Beinen gerissen und ihn gegen den Maschendrahtzaun geworfen.

„Dies ist eine anständige Nachbarschaft! Ihr Rabauken, macht, dass ihr hier wegkommt!"

Nine stand nur zitternd da und traute ihren Augen nicht: Der alte Gustav sprang Etzel gleich noch einmal an und wischte dem verdutzten Schergen gleich noch ein paar links und rechts hinter die Ohren.

Dieser war richtig im Schock und suchte Hals über Kopf so schnell er konnte das Weite. Ralle stand mit großen Augen auf der Straße und sah seinem pesenden Kumpanen wortlos hinterher.

„Und du, ... du Rotzlöffel! Du gehst jetzt besser sofort nach Hause schlafen, sonst zieh ich dir das Fell stramm!"

Ralle starrte ihn fassungslos an, sah noch kurz zu Nine herüber und rannte dann mit eingezogenem Schwanz die Straße hinunter, Etzel hinterher.

Nine konnte ihre Erleichterung kaum fassen. Sie schleckte dem alten Gustav quer über die Wange und gab dem irritierten Kater Köpfchen.

„Danke, danke ... Gott sei Dank, sind Sie gekommen! Ich hatte solche Angst, die würden mir ernsthaft wehtun ... Ich hatte schon keine Hoffnung mehr!"

Gustav war von der überbordenden Reaktion des kleinen Kätzchens sichtlich überrascht und sogar etwas verlegen, als sie ihm auch noch die Ohren schleckte.

„Ist ja gut, kleines Kätzchen ... Dies ist eine anständige Nachbarschaft. Hier kann sich nicht jeder einfach nachts herumtreiben und kleinen Kätzchen nachstellen ... Das gehört sich nicht! Immer muss ich diese jungen Kater hier zurechtweisen ... Die Jugend heute hat einfach kein Benehmen mehr!"

„Ja, ja, da haben Sie sicherlich recht."

Nine hätte ihrem Retter in diesem Moment wahrscheinlich alles verziehen.

Gustav als Retter in der Nacht

„Ich muss mich tausendmal bei Ihnen bedanken, Gustav."

Er wunderte sich, warum diese junge neue Katze seinen Namen kannte.

„Aber ich muss Sie gleich noch um einen weiteren Gefallen bitten! Ich muss dringend runter ins Dorf zum Versammlungsplatz. Es findet dort gerade jetzt eine Verhandlung statt und es besteht die Gefahr, dass jemand zu Unrecht verurteilt wird. Verstehen Sie?

Deswegen waren die beiden Katzen auch hinter mir her – sie wollten verhindern, dass ich in der Verhandlung gegen einen von ihnen aussagen würde!"

„Ach, Katzenkind, ich war schon ewig nicht mehr auf der Versammlung, die kommen mir immer mit diesen Regeln, ... was ich in *meinem* Gebiet machen soll und was nicht ... und ich lass mir nun mal nicht gerne etwas vorschreiben."

„Bitte, Sie müssen mir helfen! Sie könnten mir immer noch auflauern ... Solange ich nicht in der Verhandlung die Wahrheit sage ..."

Gustav sah zu seinem Haus hinüber. „... Na gut, obwohl es schon spät ist, werde ich dich begleiten."

Nine schleckte ihm schon wieder über das Gesicht! „Bitte, bitte!"

„Schon gut, Kätzchen, du kannst damit aufhören, ich komme ja mit ..."

„Danke! Wir sollten gleich losgehen!", drängte sie.

So setzten sich beide in Bewegung. Der große, alte, gelb getigerte Kater und die junge Schildpattkatze. Nine fühlte sich so sicher neben ihm! Er konnte sich wohl kaum vorstellen, wie glücklich sie war, dass er sie nun beschützte.

Jetzt kam es nur noch darauf an, nicht zu spät zu kommen!

Nine war so aufgekratzt und wurde praktisch immer

schneller. Gustav trabte brav neben ihr her. Sie erzählte ihm auf den wenigen hundert Metern die ganze Geschichte. Er brummte nur ab und zu.

Sie waren schon fast auf dem Dorfplatz, als sich Gustav zum ersten Mal dazu äußerte: „Es ist nicht richtig, dass so junge Katzen wie ihr nachts alleine durch das Dorf streichen und die Erwachsenen belauschen! Kein Wunder, dass da immer etwas passiert!"

Kein Wort zu der Verleumdung der *Wildkatzen* zu Lasten des armen Smutje oder zum Überfall auf die Hühner ... und zu ihr selbst oder zu sonst irgendetwas anderem. Egal! Solange er nicht von ihrer Seite wich, konnte in seinem Kopf vorgehen, was wollte ... Jetzt kamen die Container schon in Sicht. Von Etzel oder Ralle war nichts zu sehen. Der Weg zur Verhandlung war frei. Hoffentlich war das Urteil noch nicht gesprochen!

Der Katzenrat hatte nicht wirklich viel zu besprechen. Keine der fünf Katzen hatte bei dem ganzen Verfahren ein gutes Gefühl. Es roch einfach nach einem geschickten Komplott der *Wildkatzen*, doch nachweisen konnten sie ihnen rein gar nichts. Auch gegen Smutje lagen keine eindeutigen Beweise vor, doch die Indizien sprachen zumindest tendenziell gegen ihn.

Sie konnten nicht einfach sagen, dass sie der Aussage von Fauch keinen Glauben schenkten, ohne ihre objektive Neutralität in Frage zu stellen.

Viel wichtiger wog die Notwendigkeit, ein solches Verbrechen umgehend zu ahnden – schon um ein sofortiges Zeichen zu setzen und nicht zu ähnlichen Taten zu ermutigen. Und es gab keine Hinweise auf irgendwelche anderen Täter oder Umstände.

So waren sich die Katzen nach kurzem Austausch schweren Herzens einig, der Staatsraison den Vorrang zu geben und Smutje in dieser Sache schuldig zu sprechen, zumindest so lange, bis sich keine andere Erklärung der

Vorgänge abzeichnete (diese Hintertür beruhigte etwas die Gewissen der Geschworenen).

Als die Räte schon nach fünf Minuten wieder hinter dem Baum auftauchten, ebbten die lebhaften Gespräche auf dem Platz ab. Kaum einer war gegangen. Jetzt nahmen sie wieder die Formation in kleinen Gruppen oder Pärchen ein und blickten den vorsitzenden Richter Roosevelt in gespannter Erwartung an.

War den Mienen der Katzen schon etwas abzulesen?

Sandokan gefiel die kurze Beratung des Gerichtes überhaupt nicht, er hatte sich noch mehr Zeit erhofft. Nichts zu sehen von Floh!

„Liebe Mitkatzen, es ist schon spät und wir möchten nun unser Urteil in diesem Jensen-Fall verkünden:

Nun, wir sehen es als ausreichend erwiesen an, dass –"

„Einen Moment bitte!", ertönte eine kräftige Stimme aus Richtung der Glascontainer.

Ein großer gelber Kater und eine deutlich jüngere, recht bunte Schildpattkatze betraten zwischen Busch und Container den Dorfplatz. Die Katzen dort wichen zurück und bildeten einen freien Kegel, um sie ansehen zu können und sie durchzulassen.

„Das ist der alte Gustav!", war es zu hören – vor allem von den älteren Katzen. „Was macht denn *der* hier? Der war ja schon ewig nicht mehr da, der alte Griesgram."

Roosevelt sah die beiden an, überrascht wie auch alle anderen Katzen:

„Gustav! Was verschlägt denn *dich* hierher? Wie können wir dir helfen?"

Auch Sandokan musterte die beiden sehr genau und schöpfte instinktiv etwas Hoffnung.

„Diese junge Katzendame hier," deutete Gustav, „hat wohl etwas zu eurer Verhandlung beizutragen …!"

Alle schauten auf Nine.

Kapitel 12: Eine große Katze

Kralle verlor zum ersten Mal seine demonstrative Gelassenheit, als er Nine und Gustav von der anderen Seite auf den Platz kommen sah. Er war genau wie alle anderen Katzen dort überrascht von diesem unerwarteten Auftritt und konnte es diesmal nicht verhehlen. Er schrak zusammen, reckte den Kopf und sah die beiden mit großen Augen an.

Verdammt! Was ist da schiefgelaufen? Wie konnte das sein?

Weil Fauch und Elliott noch immer auf der Anklagebank saßen und er sich nicht mit ihnen austauschen konnte, war nur Attila unmittelbar für ihn greifbar. Er zischte ihn durch die Zähne an:

„Wo zum Teufel sind Ralle und dein vertrottelter Bruder?"

„Ich weiß es nicht, Boss! Ich war doch auch hier die ganze Zeit ... und hab ausgesagt!"

„Geh sie sofort suchen! Ich will wissen, was da passiert ist und warum diese Katzengöre hier auftaucht – aber bring die beiden nicht hierher – das fehlt mir noch, dass die hier ausgefragt werden! Nur *du* kommst wieder her, verstanden?"

„O.K., Boss!", der tumbe Kater schlich sich nach hinten weg durch die Hecke.

Roosevelt vorne hielt in seiner Urteilsverkündung inne und wandte sich unserem kleinen Kätzchen zu:

„Nun, kleine Schildpatt, wir waren gerade dabei die Sitzung abzuschließen. Was gibt es denn so Wichtiges, dass wir das offensichtlich noch etwas verschieben müssen?"

Für Nine war es kein kein leichter Gang. Was war nicht alles auf sie eingeprasselt in den letzten Tagen? Noch vor 20 Minuten hatten sie versucht, sie aus dem Verkehr zu ziehen und nun stand sie vor dem Katzenrat – und alles, was in Oberbach Rang und Namen hatte, starrte sie an!

Nine räusperte sich und fasste sich ein Herz:

„Verehrter Katzenmeister, … ich habe irgendwie mitbekommen, dass Smutje beschuldigt wird, vorgestern den Hühnerstall von Bauer Jensen überfallen zu haben … Ich kann aber nicht glauben, dass das wahr ist."

Augenblicklich machte sich wieder Unruhe auf dem Platz breit. Die Katzen fragten sich, ob es sich hier nur um einen kindischen Scherz handelte.

„Und kannst du uns auch sagen, was dich zu dieser Meinung bewogen hat? Du hast doch sicher nicht unsere Sitzung unterbrochen, um uns deine Sympathie für Smutje zu bekunden?"

Roosevelt war zwar ungeduldig, blieb aber ermunternd.

„Nein, … ich habe ihn getroffen an dem Abend, dort hinten um die Ecke zum Neubaugebiet, bei dem Grundstück mit den gelben Säcken an der Hauswand. Muss so gegen Viertel vor zwölf gewesen sein. Er sah aus wie immer und hat offensichtlich nach etwas zu essen gestöbert … Mich hat er auch noch gefragt, ob ich wüsste, wo es was zu essen gäbe … Verzeihen Sie, Vorsitzender Kater, er sah nicht so aus, als hätte er nur zwei Stunden vorher den Stall überfallen und sich gründlich satt gefressen! … Ich, … ich dachte, es sei sehr wichtig, dass das Gericht es zu wissen bekommt."

„Endlich sagt hier mal jemand die Wahrheit! Hört, was das Kätzchen da sagt!", krakeelte Smutje. Die Gefühle des Publikums wogten hin und her.

„Vielen Dank, junges Kätzchen, das hast du ganz richtig gemacht! Wir werden deine wichtige Aussage noch mit in unsere Bewertung aufnehmen."

Es brauchte den Rat zwar nicht weiter bei der Aufklärung des Verbrechens und einen Schuldigen für ihre Staatsraison hatte sie wohl auch nicht mehr, aber

Roosevelt war dennoch froh, vor einem offensichtlichen Gerichtsirrtum gewarnt worden zu sein.

„Hohes Gericht, Sie werden doch wohl nicht dem Gefasel eines minderjährigen und dahergelaufenen Kätzchens Glauben schenken?", meldete sich Elliott eifrig zu Wort. Genau wie Kralle war auch er nicht erfreut ob dieser Wendung in letzter Sekunde. Er hatte geglaubt, die Katze schon im Sack zu haben.

„Werter Verteidiger", schaltete sich Justus in die Debatte ein, „es gibt keinen Anlass, an der Beobachtung dieses Kätzchens – wie war noch gleich dein Name?"

„Nine."

„Es gibt keinen Anlass, an der Beobachtung von Nine zu zweifeln. Sie hat es auf sich genommen, hier auszusagen und steht, soweit wir wissen in keinem Verhältnis zum Angeklagten ... Warum sollte sie sich diese Geschichte aus den Pfoten saugen? Richtig, Nine? Du musst ohnehin neu sein in unserer Gemeinde, nicht wahr?"

„Ja, ich bin noch nicht lange hier, ... und ich sage die Wahrheit!" Nine wurde richtig energisch und zischte den alten Elliott an.

Roosevelt beschwichtigte: „Schon gut, kleines Kätzchen, das Gericht nimmt, wie gesagt, deine Aussage auf. Verrätst du uns auch noch, warum du von dem ganzen Fall Kenntnis hast ... Hat dir bestimmt jemand erzählt, oder? Schließlich bist du gerade zur rechten Zeit hier, noch dazu mit einem unerwarteten Begleiter."

Jetzt musste Nine sich entscheiden, entweder eine Geschichte erfinden, zum Beispiel Gitti hätte ihr alles erzählt, oder gleich mit der Wahrheit zu beginnen. Bis jetzt war es ja gut gelaufen und das Lob von Roosevelt hatte ihr gutes Gefühl, das Richtige getan zu haben, noch verstärkt. Also versuchte sie es mit der Wahrheit:

„Um ehrlich zu sein, Vorsitzender, hatte ich von diesem Parlament gehört ... und da war ich sehr neugierig geworden, weil ich mir so etwas gar nicht vorstellen konnte ... und habe Sie ein- zweimal belauscht – von dort oben, ... von dem Schuppendach. So habe ich von der Sache erfahren.

Es tut mir leid, ich weiß, dass man zu den Sitzungen eingeladen werden muss ... Aber ich wollte einfach wissen, was hier vor sich geht!"

„Schon gut, mutiges Kätzchen. Ich wünschte, es würden sich in dieser Gemeinde mehr Katzen so für die Wahrheit einsetzen, wie du es offensichtlich getan hast."

Anerkennendes Nicken und Schnurren war erst in Reihen des Rates und dann allenthalben zu vernehmen. Charlotte von Wendelstein sah unsere Nine eindringlich an und blinzelte ihr zu (das Lächeln der Katzen). Nine freute sich.

Inzwischen war Attila wieder zurückgekommen. Er hatte nicht lange gebraucht, um seine Kumpanen zu finden. Sie warteten keine 100 Meter vom Dorfplatz entfernt in einer Sackgasse unweit ihres geheimen Treffpunktes in der Scheune und trauten sich nicht vom Fleck.

Kralle neigte sich ungehalten zu Attila herüber, damit dieser ihm die Hintergründe ins Ohr flüstern konnte:

„Sie hatten sie schon in der Ecke, aber dann kam dieser alte, verrückte gelbe Kater dazwischen!"

„Was du nicht sagst! Da wäre ich alleine gar nicht drauf gekommen ... Na warte, deinen Bruder werde ich mir noch vornehmen!"

Indes beugte sich einige Meter weiter der alte Gustav zu Nine herunter: „Willst du denn gar nicht sagen, was sie gerade mit dir machen wollten, diese Lausekater?"

Nine und Gustav sahen beide zu Kralle hinüber. Der blickte Nine geradewegs in die Augen als wisse er genau, dass dieses Kätzchen noch mehr im Köcher hatte.

Sie überlegte einige Sekunden, sah Kralle und Attila dort sitzen, Fauch und diesen seltsamen Elliott in der Mitte hocken und dachte an die unerfreuliche Begegnung mit Etzel und Ralle:

„Nein, ich glaube, wir haben ihre Pläne für heute genug durchkreuzt. Ich muss diese Bande da drüben nicht gleich für alle Zeiten gegen mich aufbringen. Schließlich möchte ich hier in Oberbach noch weiter leben – in Frieden meine ich." Gustav dachte kurz nach und nickte dann zustimmend.

„Also gut", machte Roosevelt vorne kurzerhand weiter und tauschte Blicke aus mit den anderen, „in Anbetracht der neuen Erkenntnisse werden wir uns jetzt noch einmal zur Beratung zurückziehen. Ich bitte alle noch um etwas Geduld."

Als wäre der Unterbrechungen und Wendungen noch nicht genug, wurden in just diesem Moment auch Sandokans Gebete noch erhört. Floh tauchte doch noch auf!

Er schlängelte sich durch die anderen Katzen bis nach vorne zu seinem Chef. Auch die Räte bemerkten ihn und zögerten lieber noch, sich erneut in Klausur zu begeben, bevor nicht alle Fakten auf dem Tisch lagen.

Aber was hatte er da im Maul? Es sah aus, als hätte er kleine gelbe Federn in seinem Maul. Wie gelber Flaum, so als hätte er gerade einen bunten Singvogel verspeist ... und zwar in einem Stück.

Floh spuckte die Federn vor Sandokan auf den Boden und flüsterte seinem Boss ins Ohr. Alles verstummte. Man hätte eine Stecknadel fallen hören können ... auch ins Gras.

Quälende Sekunden vergingen.

Sandokan sah dabei in die Runde und nickte zu den Details, die ihm sein junger Gehilfe in den Gehörgang murmelte.

Roosevelt drängte nun ungeduldig und sprach für alle:

„Also, Sandokan, gibt es noch etwas Neues, das uns alle hier interessieren könnte?"

„Ja Roosevelt, das kann man wohl sagen!", seufzte der Sicherheitskater und schien aufgeregt und erleichtert.

Floh bringt den ersehnten Beweis

„Ich hatte Floh noch einmal mit Recherchen rund um unseren Fall beauftragt. Er kommt gerade zurück und sagt mir, dass er in dem Fahrradschuppen auf Fauchs Resthof viele von diesen gelben Federn gefunden hat (die Katzen betrachteten häufig die Besitztümer ihrer Herrchen und Frauchen als die Ihrigen).

Dazu eindeutige Spuren, dass dort jemand kürzlich – sagen wir – Lebendfutter verköstigt haben muss. Und bevor hier Zweifel aufkommen –", er blickte Elliott eindringlich an. „Es sind die gleichen, die im und um den Hühnerstall überall herumliegen – er hat es überprüft und uns von beiden Fundorten einige Federn mitgebracht. Da konnte wohl jemand nicht genug bekommen und hat sich noch ein Küken für zu Hause mitgenommen!"

Das schlug ein, wie eine Bombe!

Kralle sah Fauch wutentbrannt an, dieser sah ratsuchend zu seinem Rechtsbeistand Elliott. Samuel atmete auf: „Seht ihr! Hab ich doch gesagt!"

Nine und Gustav sahen sich amüsiert an.

Das Gericht schaute empört auf Fauch und Elliott herab und Sandokan schließlich saß dort wieder erhobenen Hauptes, stolz und majestätisch, mit Floh an seiner Seite.

„Vielen Dank Sandokan, gute Arbeit Floh!

Liebe Gemeinde, wenn jetzt niemand mehr etwas beizutragen hat oder noch auf jemanden oder etwas wartet, würden wir uns gerne für die *finale* Urteilsberatung zurückziehen."

Sie wartete noch einige Sekunden, ob da noch was kam, dann zogen sie sich erneut hinter den Baum zurück.

Sandokan hatte in der Pause ein waches Auge auf seinen Verdächtigen. Jetzt sollte sich keiner mehr aus der Verantwortung stehlen können. Dennoch gesellte er sich kurz zu Nine und Gustav und bedankte sich bei Ihnen.

Nine war von ihm ehrlich beeindruckt. Noch mehr, wenn er so direkt vor ihr stand. Sie dachte anschließend daran, dass sie es sich vor zwei Tagen dort auf dem Schuppen nicht hätte vorstellen können, dass sich dieser große Kater mal bei ihr für etwas bedanken würde.

Es war schon zwei Uhr in der Nacht, als die Katzen vorne endlich wieder ihre Formation einnahmen. Sie schienen alle schon etwas mitgenommen. Roosevelt verlor keine Zeit, mit seinen Erläuterungen zu beginnen:

„Ja, eine ereignisreiche Verhandlung neigt sich dem Ende und ich werde jetzt das Ergebnis unserer Diskussion verkünden:

Wir befinden den hier anwesenden Smutje für nicht schuldig. Es gibt keine eindeutigen Beweise für eine – wie auch immer geartete – Schuld oder Mitschuld an diesem Vorfall.

Im Gegensatz dazu sieht es das Gericht als erwiesen an, dass Fauch direkt an dem Überfall auf dem Jensen-Hof beteiligt war. Er hielt es dabei nicht einmal für nötig, die Spuren seines widerrechtlichen Festmahls zu Hause zu beseitigen. Die schändliche Täuschung des Gerichts durch eine Falschaussage und die Bezichtigung von Smutje als vermeintlich wehrlosem Opfer kommen erschwerend hinzu. Du solltest dich was schämen, Fauch!"

Der weiße Kater brodelte innerlich, tippelte von einer Pfote auf die andere. Dass er sich so etwas gefallen lassen musste!

Aber so isoliert zu sein und vor allen an den Pranger gestellt zu werden, machte auch ihm zu schaffen, und so hielt er sich mit Mühe im Zaum. Er wollte sich zur Entlastung wenigstens mit Elliott austauschen – doch dieser war plötzlich verschwunden! Kaum einer hatte es gemerkt, dass er sich kurz nach dem Urteil in dem Aufruhr klammheimlich davongemacht hatte (d.h. Sandokan hatte es wohl bemerkt, aber es nur amüsiert zur Kenntnis genommen. Gegen Elliott lag ja nichts vor).

„Katzen, die so bewusst gegen unsere Regeln verstoßen und zu solch einem Verhalten fähig sind, wollen wir hier nicht haben! Wir verbannen dich also aus Oberbach, wirksam binnen einer Woche!

Jetzt riss dem Albino-Kater dann doch der Faden – er sollte hier als Sündenbock hingestellt werden für etwas, dass für Katzen doch völlig natürlich war! Er reckte die mit Krallen bewehrte rechte Pfote in die Höhe und fauchte es heraus:

„Ja, verdammt nochmal – wir haben den Stall überfallen! Und, was soll ich euch sagen: es hat mächtigen Spaß gemacht! – Sich so lebendig und stark zu fühlen – Und es war lecker! Tut doch nicht so scheinheilig, ihr Stubentiger!", kreischte er vorwurfsvoll in die Runde. „Ihr wisst doch genau, dass so ein Küken etwas ganz anderes ist, als dieses leblose Hartfutter oder die unechten Blechmäuse! Wann habt ihr zuletzt dieses Knacken gespürt beim Reinbeißen –"

„Genug! Es ist genug Fauch! Wir haben genug gehört. Du wirst hier nicht auch noch die Bühne bekommen, unsere Mitkatzen mit deinen archaischen Gelüsten aufzuhetzen!", unterbrach ihn Roosevelt unsanft.

Noch ein anderer Kater war aufgeschreckt und hatte ganz genau hingehört:

„Wer ist *wir*?", fragte Justus ruhig und eindringlich. Sandokan blickte ihn an und schwenkte dann ebenfalls auf Fauch, wie nun auch alle anderen Katzen.

Das Gemurmel flaute ab und die kleine Frage des Anklägers stand in der Luft.

Kralle bemühte sich mit aller Kraft, nicht so angespannt zu wirken oder gar noch die Fassung zu verlieren. Mit einem vor Wut und Selbstkontrolle zitternden Kopf starrte er Fauch an.

„Wieso wir?", brachte Fauch dann nach endlosen Sekunden heraus. Er hatte noch Schaumbläschen in seinen Maulwinkeln von seinem Ausbruch.

„Du hast *wir* gesagt: „Wir haben den Stall überfallen" – Also wer ist *wir*?"

Fauch sah Kralle an. Sollte er alleine die Zeche zahlen? Oder doch in seinem Zorn alle hochgehen lassen? Schließlich hatten sie alle ihren Spaß gehabt ... und er

Das Massaker im Hühnerstall

sollte jetzt den Schwanz dafür hinhalten? Er hatte die ganze Sache noch nicht einmal geplant, nur die Informationen eingeholt.

„Nein, das habe ich nicht gesagt! Ich weiß nicht, wovon du sprichst."

„Doch, du hast *wir* gesagt. Alle hier haben es gehört!", insistierte Justus.

„Dann habe ich mich eben versprochen ... Ich meinte natürlich *ich* habe den Stall überfallen!"

Wieder sahen sich die Protagonisten fragend an. Kralle schloss die Augen und atmete einmal tief durch. Sandokan zuckte mit den Schultern, Justus versuchte es noch ein letztes Mal:

„Na gut, Fauch. Solltest du deine Meinung ändern wollen und solltest du – für den Fall, dass noch weitere Katzen an dem Überfall beteiligt waren – hier und jetzt die komplette Wahrheit sagen, so ließe sich bestimmt über das Urteil noch einmal reden ... Es sind eine Reihe von mildernden Umstände denkbar ... wie etwa eine zeitliche Befristung!" Er versicherte sich durch kurzes Nicken der Zustimmung von Roosevelt: Fauch als Kronzeuge der Anklage.

Wieder war der Scheinwerfer auf den weißen Kater gerichtet.

Aus reiner Verbundenheit oder Folgsamkeit hätte er in diesem Moment seine Kumpane wohl nicht (zu seinen Lasten) gedeckt, aber die Vorstellung, mit diesen scheinheiligen Katzen da vorne auch noch einen Handel zu machen und vor ihnen zu Kreuze zu kriechen war ihm unerträglich:

„Ich habe die Hühner alleine überfallen!"

Justus gab auf. Fauch blieb doch tatsächlich standhaft! Damit übergab er wieder an den Vorsitzenden:

„Ich fasse also zusammen: Ob Fauch darüber hinaus die Tat alleine oder mit Komplizen ausgeführt hat, konnte leider nicht abschließend geklärt werden." Sein Blick und sein Tonfall wiesen dabei eindeutig auf Kralle.

„Schuldig ist aber auch Attila!", fuhr Roosevelt fort. „Schuldig der vorsätzlichen Falschaussage."

Der dicke Kater erschrak. Er hatte, wie immer, nicht mit irgendwelchen Konsequenzen gerechnet. Sein Teil war schon erledigt und er wollte eigentlich im Rücken seines Chefs etwas unbeteiligt dösen. Es war nicht seine Rolle, im Rampenlicht zu stehen und die Verantwortung für etwas zu übernehmen. Das regelten immer andere.

„Da Fauch erwiesenermaßen an dem Überfall beteiligt war, konnte er nicht zur gleichen Zeit mit dir Jagen gewesen sein ... wer auch immer dir das eingetrichtert hat, Attila –", wieder der Seitenhieb auf Kralle, „– hier vor Gericht muss man die Wahrheit sagen!"

Du darfst bis auf Weiteres nicht mehr an Versammlungen der Gemeinde teilnehmen. Halte dich also in Zukunft von hier fern! Vielleicht lehrt dich das etwas mehr Respekt – vor anderen Katzen und vor diesem Rat."

Attilas Ausdruck veränderte sich nicht sonderlich. Er war eher erleichtert – soweit er das Urteil verstanden hatte. War er doch sowieso nur immer wegen Kralle hier! Das meiste von dem, was auf den Versammlungen besprochen wurde, verstand er eh nicht – und interessieren tat es ihn auch nicht!

„Und nun noch zu dir, kleine Schildpattkatze!", wandte sich Roosevelt Nine zu. „Du hast durch dein mutiges Auftreten dazu beigetragen, dass größeres Unrecht vermieden wurde. Ich danke dir im Namen des ganzen Rates und wir würden uns freuen, wenn wir dich in Zukunft öfter hier zu unseren Versammlungen begrüßen dürften. Solche jungen Katzen wie dich können wir in unserer Gemeinde brauchen!"

Lautes und einhelliges Schnurren war zu hören.

Nine hatte sich in ihrem ganzen Leben noch nie so gut gefühlt ... Hatte sie richtig gehört? War sie jetzt ein Mitglied des Katzenparlaments? Wenn das keine offizielle Einladung war, vom Vorsitzenden persönlich – und mit dem Segen des ganzen Rates!

„Kann ich jetzt endlich gehen?", plärrte Smutje in die andächtige Stimmung.

Auch wenn er alle nervte, wies er doch darauf hin, dass es jetzt langsam Zeit war.

„Ja, Smutje, du kannst gehen. Vielleicht bedankst du dich später einmal bei dieser jungen Katze. Ich wünsche allen noch eine gute Nacht und einen sicheren Heimweg." Roosevelt schloss die Verhandlung.

Sandokan erklärte Fauch noch seine Auflagen. Kralle zog missgelaunt aber erleichtert ab und nahm sich noch in der Nacht Etzel zur Brust.

Nine und Gustav machten sich gemeinsam auf den Heimweg ins Neubaugebiet. Vor ihrem Haus angekommen, bedankte sich Nine noch einmal ganz herzlich bei ihrem Beschützer und schleckte ihm wieder über die Wange. Gustav betonte noch einmal, dass das hier eine anständige Nachbarschaft bleiben sollte, und sagte gute Nacht.

Nine war zwar sterbensmüde, genoss aber jeden Schritt und jeden Augenblick des kurzen verbliebenen Weges. Sie blieb noch einige Minuten vor dem Haus sitzen und fühlte sich wahrlich wie eine große Katze!

Als sie in die Wohnung kam, fraß sie genüsslich noch etwas, schlabberte kurz im Wassernapf und stapfte die Treppe zur Galerie hinauf.

Frauchen hatte sich kaum bewegt, gut so! Sie musste gar nicht unbedingt wissen, in welche Aktivitäten ihr kleines Kätzchen des Nachts so verstrickt war.

Nine putzte sich noch ein wenig, bevor sie sich zufrieden auf ihrem Rattansessel niederlegte.

Sie war jetzt ein Teil des Katzenparlaments! Das würde ihr Tinka morgen früh niemals abkaufen! Noch bevor sie anfangen konnte zu schnurren, war sie eingeschlafen.

Eine große Katze

Ausblick auf Band II: Der Hundefrieden

„Ihr seid wie Hund und Katz!", so deutet man gemeinhin an, dass sich zwei Menschen nicht wirklich verstehen und sich lieber aus dem Weg gehen. In Oberbach, wo Nine inzwischen ein festes Mitglied des Katzenparlamentes ist, ist das nicht anders. Als jedoch in der Gemeinde auf unheilvolle Weise Katzen des nachts spurlos verschwinden, muss Nine das undenkbare wagen: Zur Abwehr dieser neuen Bedrohung braucht sie ausgerechnet die Hilfe der Hunde!

Aktuelle Infos unter www.katzenparlament.de